祖屋

许国雄 —— 著

中国书籍出版社
China Book Press

图书在版编目（CIP）数据

祖屋/许国雄著.——北京：中国书籍出版社，2021.6

ISBN 978-7-5068-8494-5

Ⅰ.①祖… Ⅱ.①许… Ⅲ.①长篇小说—中国—当代 Ⅳ.①I247.5

中国版本图书馆CIP数据核字（2021）第097531号

祖屋

许国雄 著

责任编辑	游　翔
责任印制	孙马飞　马　芝
封面设计	东方美迪
出版发行	中国书籍出版社
地　　址	北京市丰台区三路居路97号（邮编：100073）
电　　话	（010）52257143（总编室）　（010）52257140（发行部）
电子邮箱	eo@chinabp.com.cn
经　　销	全国新华书店
印　　刷	北京九州迅驰传媒文化有限公司
开　　本	787毫米×1092毫米　1/32
字　　数	140千字
印　　张	13.25
版　　次	2021年6月第1版　2021年6月第1次印刷
书　　号	978-7-5068-8494-5
定　　价	50.00元

版权所有　翻印必究

故事梗概

沙头角仿佛是一位巨人伸进大海的一只脚,探测广州湾的深浅,迎接南海每一轮曙光。沙头角形成圩市之初,龙家的祖辈龙祖堂就从上圩来到这里落了脚扎了根,如今已到了第三代。又快到清明节,龙家以龙红梅为首的六兄弟姐妹提前一周回乡祭祖。沙头角正街的祖屋,由于年久失修,破败不堪,于是众人达成一致意见要重建祖屋。正是祖屋的重建问题引发了龙家六兄弟姐妹之间激烈的冲突,六个不同性格、不同思想的人物形象跃然纸上。这是一部带有浓郁的地域性特色的家庭伦理长篇小说,其中独特的粤语方言、南粤风土人情、生活习俗的描写尤为生动,让读者看到了一幅当代南粤群众的生活画卷。

写在前面的话

　　终于在 2018 年 12 月 31 日完成我的长篇小说《祖屋》二稿。这是呈献给我自己即将到来的八十岁生日的礼物。

　　打父母辈起，我们家就没有过生日的习惯。一来是兄弟姐妹众多，二来是家境贫穷。在生日那天，母亲会为过生日的子女煮两个鸡蛋，平平淡淡地说一句："今日是你的牛踏脚。"我们乡下的人生日那天忌讲生日，而叫"牛踏脚"，这样才长命百岁。我就是在这种不知不觉中从少年，至中年，进入壮年，到老年的。

　　任何一部或一件艺术作品，都应源于生活，反映生活，高于生活。给人以享受、振奋、教育和警觉，这样的作品才有生命力，才受人民大众的喜爱。我大学毕业后就在基层打拼，并且长期担任基层的主要领导工作。对各种事、各类人都有广泛的接触和了解。《祖屋》中的事、人和物，大多发生在我身边，或是我了解的。我创作的素材都是活生生的,看得见,摸得着,拿起来掷地有声。我创作《祖屋》的意图,不是去揭人们心灵深处的伤疤。在这个商品经济时代,人人都有这样或那样的伤疤,每个人的轻重、大小不一样吧!不可能是完美无缺、超越商品经济时代烙印的人。我希望《祖屋》能给人以教育和警示。承传中国优良传统的家教家风,造就新时代"我的家"。这是我创作《祖屋》的意图或目的。

这是一部虚构的小说。有些事或人似曾相识,这是艺术创作的需要,请不要对号入座。

本书在初期打印、校对工作和后来出版发行中,得到林彬、彭松建、李志毅和李光煜等同志的大力帮助和鼎力支持,在此表示衷心的感谢!

(注:"牛踏脚"或"牛一",是把"生"字拆成为"牛一","牛"字踏在"一"字之上,故衍生出"牛踏脚"的说法。这是粤西民间用"牛踏脚"来形容人的生日的说法。)

目 录

写在前面的话 / 001
一、被遗忘的角落 / 001
二、清明祭祖 / 011
三、祖屋 / 020
四、家庭会议 / 027
五、承担 / 034
六、协议 / 041
七、一墙之争 / 055
八、经济手段 / 065
九、如愿以偿 / 076
十、无形的墙 / 089
十一、价低者得 / 102
十二、沆瀣一气 / 120
十三、又是清明时 / 133
十四、快刀斩乱麻 / 142
十五、空置 / 161
十六、决裂 / 168
十七、短信 / 185
十八、弃置 / 194
十九、留给后代的遗产 / 203

一、被遗忘的角落

沙头角仿佛是一位巨人伸进大海的一只脚,探测广州湾的深浅,迎接南海每一轮曙光。说到它的历史和变迁,世代居住在这里的老人,都能跟你谈个一二。

奔腾不息的福建河,从交椅岭夹带着大量的泥沙倾泻而下,穿过福建村,绕红坎市区而过,在流入广州湾前,把大量泥沙沉积在海边。日复一日,年复一年,渐渐地形成一个深入广州湾的小半岛。当地人便把这个沙丘叫作沙头角。海湾对面的吴川县龙头人和茂名县茂南区人,架着一叶小舟到红坎市办事、做买卖,大多在沙头角登岸。他们在小船靠岸时,把船竿往沙滩上一插,再把绑着小船的大绳索往船竿上一套,就往红坎街市走去。经年累月,来往人员多了,有人就在海边沙滩上搭起简易的茅草棚,摆卖凉茶、甘蔗、凉粉、白粥一类食品,做起来往人员的小生意。泥聚成山,沙聚成丘。经历几年光阴,逐渐形成一个小圩市。有勤劳者,搭建起人字式茅草屋居住。他们下滩挖沙虫、捉蟛蜞,下海捕鱼虾,再往红坎市区摆卖,维持生计。沿岸滩涂小螺小蟹多,有经验的人就在这里养鸭群,产蛋。一时聚者众,从业者多。这里所产鸭蛋个头大,蛋黄红亮,不少还是双黄,市民争相购买,远近闻名。当地人顺便将这圩市叫"沙头角圩"。随着海产品和农副产品日益增多,人流也越来越密集。趁(赶)沙头角圩成为红坎市民生活中的一部分。红坎市政府为便于行政管理,便设立了沙头角区。

正街是沙头角的主要街道。正街由南至北贯穿沙头角,狭长而且弯曲,恰似一条被船夫不经意间遗弃的缆绳。大青石铺砌的路面,凹凸有致,光亮坚实。牛车走过,发出有节奏的悦耳乐声,给沉寂的沙头角增添了几分生气。正街两旁的房屋大多为低矮泥砖瓦平房,只有门面贴上红砖来装饰,称金砖包面。间或有几栋二层的小洋楼,门面有骑楼,一看就知是民国初年的建筑。这些小洋楼大多为地方官员或商人的私宅。正街最出名的建筑是位于福建河旁的炮楼。上了年纪的人都知道它过往的历史。炮楼为钢筋水泥结构,楼高八米,上下二层,四四正正,面面有炮眼,日夜虎视眈眈地监视着整个沙头角的动静。炮楼是法帝国主义侵占广州湾时兴建的。1898年法兵占领广州湾后,不断派兵沿广州湾水路向内地侵占。不愿做亡国奴的遂溪县黄略、吴川县平石一带的农民群众奋起反抗,浴血战斗,抵抗法帝国主义的侵占。尔后,腐败无能的清政府被迫同法帝国主义签订《中法互订广州湾租界条约》,将广州湾作为停船趸煤之所租给法国,租期九十九年。黄略、平石一带虽然未划入租界,但当地农民群众仍不时袭击法兵。为了防止中国人的反抗,法国侵略者便在沙头角修筑了这座炮楼,派兵长期驻守。为方便驻守炮楼的法兵出入市区和运送物资,法国侵略者还在福建河上兴建了一座钢筋水泥桥。桥宽二米,桥长九十多米,可供马车通过,当地老百姓称为福建桥。距桥上游二百多米的木桥也随之拆除。

如果说正街是沙头角的脊梁骨的话,那些无数的陋巷小路则是她的肋骨。她们参差不齐,长短不一,高低不平,杂乱无章。但她们同正街一起,架起了沙头角这片有七八千人口的街区。

世居沙头角的人士大多是从吴川和茂名迁徙过来的。他们在市区做些小本生意,或者修鞋补镬,或者收买烂铜烂铁和废旧杂物,或者打工。操着同样口音,过着平常的生活。他们和平共处,相安无事,自得其乐。

"三婆婆!你的大猪跑出来啦!"一个正在正街上玩耍的小男孩对着土产公司柴栏方向大声叫喊。此时,三奶正在柴栏大院大门前左侧墙根下卖猪粪。她身旁是一部大牛车,车上放着四个大粪桶。她面前是两位比她个头高得多的新建大队的农民。他们合力将一桶猪屎高高举起,打着一杆大秤,秤尾翘高,把着秤杆的农民高声报着数:"三十七斤半!"

"像今天这么满满一桶,平常都是四十斤,今天怎么只有三十七斤半?"三奶顶着脚尖,仰着满是银发的头,想把秤杆上的点点秤星看清楚。

"三奶!我们怎么会骗你呢!我们是为生产队收猪粪的,挣工分吃饭。"另一位农民带着几分亲切的口吻对三奶说。

三奶正巧此时听到小男孩的叫喊声，便说："算啦！算啦！我的猪姆（母猪）跑出街了，快给钱吧！"

"一桶三十八斤，一桶三十七斤半。二分钱一斤。一共一元五角一分。"那位把大秤的农民口中报着数，手中掏钱给三奶。

三奶接过农民的钱，也没点数，紧紧捏在手上，两个猪粪桶仍留在原地，扭头便往回跑。刚跑出二三十步，那头大母猪迎头往她的方向跑来，边跑边嗷嗷嚎叫着，像来找她似的。三奶伸开双臂，嘴上不时发出"嘘！嘘嘘！"声，左一步，右一步，努力把大母猪往回赶。

"三婆！三婆！小猪跑出来啦！"那个小男孩又大声叫喊起来，"三只小猪！四，……五只小猪都跑出来啦！"

此时，五六位邻里大叔大婶都出来帮三奶赶小猪回家。不大一会儿工夫，三奶身后那头大母猪也被两位大叔帮着赶回来了。

一位三十几岁的大叔最后帮三奶将大母猪赶进屋，顺手将两扇大门拉上，防止大母猪再跑出来。此时，他双手感觉到朝正街这堵墙有轻微的摇晃。他是一位泥水匠，一天到晚都跟房子接触。他对墙壁有种特殊的感觉。于是，便对站在他身后的三奶说："大妈！这堵墙是危墙，你赶快找人维修吧！倒了，压死猪是小事，压着人就是大事了！"

"我在屋里用三根柱子顶着，不怕！"三奶双手拍打着墙壁说。"反正这栋房子又不是我的。"她补充一句。

"谁家的？能让你在屋里养猪！"

"说了，你也不认识。"三奶仰头看着大叔，淡淡地说。看来，这位大叔肯定不是沙头角人。她家在沙头角住了三辈子，正所谓抬头不见低头见,沙头角几千人,她能认识一半。

"你注意就是。"大叔说完转身就走。

"谢谢你啦!大哥好走!"三奶面对正远去的大叔,十分感激地说。

"三婆婆!三婆婆!"一直站在三奶身旁的小男孩拉扯着三奶的衣角,轻轻地叫着。

三奶忙着赶猪,忙着跟大叔说话,却忘了帮她的小男孩。于是,用粗糙的右手拉着小男孩细嫩的小手,弯下腰对他说:"亚宝!你想吃杨桃,是吧?"边说边往屋里走去。

名叫亚宝的小男孩点点头,不说话。他知道屋内院子里栽种有两棵杨桃树,很高很高。他极力往上蹦,也摘不到杨桃。有时,三婆卖了猪屎,高兴地往屋里走,看到亚宝坐在门槛上玩耍,也会拉着他的小手往屋里走,摘两个熟了的杨桃给他。

"亚宝,三婆今天奖励你四个杨桃。"三奶边说边摘杨桃。一会儿,四个绿里透黄的杨桃就落在她的双手上。她往亚宝两个小口袋里塞,一个口袋一个。另两个则放在亚宝的双手上。她拉着亚宝的小胳膊往大门口走去。"亚宝,你想吃杨桃就来找三婆婆。"

"我妈说,我下个月上学读书,我们就搬到市区住啦。"亚宝仰望着三奶,小声地说。

"搬走,为什么?"三奶站停,低头问亚宝。

亚宝摇摇头,说:"我也不知道,听我爸爸说,这里就像乡下,没有多少人想在这里住。"

两人不再说话,脚步缓慢地向大门口走去。

"小鹏家下月也搬走。"走着走着,亚宝又补充了一句。

此时,三奶不再问亚宝为什么。她拉开大门,送亚宝往正街走去。随后,还不忘叮嘱亚宝:"不要在街上玩了,回家去。"三奶目送着亚宝的小身影,双眼有点湿润,自言自语道:"走吧!你们都搬走吧!留下我这副老骨头……"

三奶确认亚宝进入自家大门后才转身。

"三奶,好不容易才找到你!"此时,一位四十开外的女人扳转三奶的身子,喜悦地说。

"哇!是你,小芬!"三奶转身,一眼就认出眼前这位妇女就是同厂同车间的工友黄朝芬。

"到井头你家找,大门紧锁。我问在水井边上洗衣服的一位大嫂,她说你可能在正街三十八号喂猪。我便数着门牌号找到这里。怎么,你什么时候搬来这里的?"大概在三四年前,三奶退休在家,病了,工会组织来慰问三奶。黄朝芬是厂工会的福利委员,随同工会领导一起来慰问。她印象里,三奶家就在大榕树下水井旁。

"搬什么搬!我家在大榕树下面搭有一间猪舍。两年多前,居委会主任来检查,不许我家继续在水井旁养猪,说什么污染水源。"

"你买下这栋房屋啦?"

"我哪里有钱买房屋!"三奶拉起黄朝芬的手,"我们进屋再说。"两人双双入屋。

"哇!里面好开阔呀!"穿过前面大房,进入庭院,黄朝芬大声叫道。庭院约有五六十平方米,左边有一棵杨桃树,右边又有一棵杨桃树。两边墙根下生长着几丛仙人掌。仙人掌有二三十公分高,有三几棵还开出米黄色的花朵,鲜艳夺目。"你喂养的猪在哪里?"黄朝芬问。

"你跟我来。"三奶拉起黄朝芬的手,穿过一个厅堂,下三级台阶,是一个大天井。天井左旁是一间厨房。天井后面有一幢不高的小楼,二层。二楼两个窗户,窗户紧闭,好像不愿意看见这么冷清、阴森的大房屋。

"我的猪就养在这里。"三奶推开小洋楼楼下的大门,马上传来小猪的欢叫声。一头母猪安静地睡在墙角里。显然,刚才在街上跑累了。三奶把大门关上。"我们到前面庭院说话。"

二人来到庭院杨桃树下,三奶顺手拉过一张竹椅,让黄朝芬先坐下。她伸高手,摘下头顶上的两个杨桃,不洗不擦,顺手递给黄朝芬。黄朝芬看了还算干净,就吃了起来。

"谁家这么大的房子,让你在这里养猪?"黄朝芬十分不解,边吃杨桃边问。

三奶略沉思一会儿,平平淡淡地说:"谁进来看了,都这样问我。你是我最好的工友,我就对你说吧。"于是,三奶遂将这栋房子的历史演变和这家人的去向简单地道出。

"这龙家同我老公郑家同为龙头公社上圹人。沙头角形成圩市之初,龙祖棠就从上圹来到沙头角。落脚初期,他帮人养鸭。一年后,代人收购鸭蛋。再后来,自己在红坎市区北桥市场摆菜摊,卖鸡鸭和蔬菜,他排行老大,人称"瓜菜大"。他为人和气、老实厚道,所以他的生意比较红火。他赚了钱,就在正街上兴建了一间两进一天井的瓦房。龙祖棠娶妻刘氏,生有二子,无女。

长子宗光，和善厚道、勤奋、节俭。小学毕业，到父亲开的店铺帮忙打理，不出两年已独当一面。次子宗明，聪明善计，卖乖偷懒。初小毕业就不再读书，要求到父亲开的店铺收银。他常常偷店铺的钱出去鬼混，学会嫖赌饮吹，四门齐。龙祖棠临死前分家：店铺，两个儿子各人一半财产；一间瓦房，前进为长子宗光，后进为次子宗明。长子宗光自立门户，创立隆昌行，专做土特产生意，风生水起。次子宗明坐吃山空，父亲遗留下的店铺亏空关门，尚欠下烟馆四块光洋，只好将后进瓦房抵押。长兄知道后，拿出五块大洋赎回，才让他继续居住。不出一年，宗明又欠下烟债，被放债人追打，走投无路，回家偷兄长房契去抵押。宗光赎回房子，将宗明一家赶出家门。这幢瓦房完全归宗光所有。"

"宗光儿女现在在哪里？"黄朝芬环视瓦房，饶有兴趣地问。

三奶对龙家当代人的事不愿多说，只简单地应酬了几句。

"龙宗光娶妻罗氏，生有三男三女。这六个兄姐弟妹，除两个最小妹妹外，其余四人，不是当干部就是当老板，人人住高楼。这老宅已有十年没人住了。"

"红坎市也没人吗？"

三奶迟疑片刻，才接着说下去。

"有，男孩中老三，听说在红坎市哪个区当什么局长。自他出外读书，我就极少见过他。几年前，男孩中老二将房屋大门锁匙交给我，让我十天半月，有空就来开门看一下。房屋有没有倒塌，门窗有没有被人撬走。这样，只有每年清明拜山，大家回老屋，我才看见过老三。他不跟我说话，我也不去高攀，同他打招呼。"

"居委会不让我在水井旁养猪，我便将猪赶来这里养。既看管了空屋，又养了猪，一举两得。"说到这里，三奶哈哈大笑起来。

"你说这龙家第三代会不会像第二代那样，又出现不肖子孙呢？"黄朝芬还在追根问底。

三奶长叹一声："人心难测，世事难料。"

突然，三奶调转话题，阻止黄朝芬追根问底，问："你来找我，有什么事？"

"还钱。"黄朝芬边说边从口袋里掏出六元钱，往三奶粗糙的手上塞。

"你什么时候向我借过钱？"三奶大感不解，把钱塞回黄朝芬手上。

"你忘记了？"黄朝芬遂将事情来龙去脉道来。

六年前，黄朝芬的大儿子小学毕业升初中。入学注册的最后一天，还没筹够学费，儿子便跑到工厂找母亲。黄朝芬将两个口袋翻转过来，仅凑到八角六分钱。她对儿子说："你回学校跟老师讲，先注册，下个月妈妈发工资再补交。"听母亲这么一说，儿子马上就要哭出声来。坐在黄朝芬旁边的三奶，不动声色地从内衣口袋里掏出三元钱，塞到小孩手里，说："不要哭，赶快去学校注册。"小孩手里紧攥着三元钱，向三奶深深一鞠躬，说："我会还的。"三奶平平淡淡地说："三奶奖励你的，不用还。"

此时，黄朝芬再将六元钱塞到三奶手上。说："我儿子今年六月高中毕业，刚好市里电厂招工，他就去报名，被录用了。昨天厂里发工资，他领到工资，第一时间就要我来还钱。他说，知恩图报，加倍偿还。"

三奶仍不肯收下六元钱。两个女人在那里互相推搡着。三奶强不过黄朝芬，最后只好收下，感触地说："你儿子懂得做人的道理，将来一定有出息。"

两个女人还说了厂里的一些往事，这才分手。

三奶送黄朝芬出大门。此时，烈日当空，正街上行人很少。老黄牛拉着一部运送粪水的大牛车，缓慢地走在正街中央，嘎吱咯吱的声音在上空飘荡着……

二、清明祭祖

"找到啦!"

"找到啦!"

欣喜若狂的叫喊声在荒野的山坡中回响。

"天福,我们看到你啦!"

"你们在原地等我,不要乱跑。我出去接你们。"名叫天福的年轻人大声回答。于是,他沿着踩踏过的原路往回走,并不停地挥动锄头,开出一条依稀可辨的小路。花费近半个小时,才在一片灌木丛中找到家人。"好辛苦呀!"他呼着大气说。他满头大汗,衣衫湿透。

众人见到他,欢天喜地。不知谁说:"天福呀!亚爷亚婆在天之灵一定保佑你,今年生意越做越大!"

天福喜悦,开心大笑。每年龙家清明祭祖,开路的事都交给他。他年富力强,也乐意去干。他是龙大河的儿子,大学毕业后就进入父亲的公司工作。现在，父亲名义上是公司的法人代表，实际上是他在主持日常工作。

"你们跟我来！"天福挥挥手，在前面引路。龙家大大小小十多人，抬的抬，提的提，浩浩荡荡向前走。众人走过的地方，呈现出一条清晰的小道。此情此景，不知谁有感而发，高声背诵鲁迅先生的名句："地上本没有路，走的人多了，便成了路。"

龙家六兄弟姐妹，分布在北京、广州、佛山、深圳、红坎五个城市居住，团聚困难。所以，每年清明祭祖，他们都提前一个星期左右回来。龙家十多人的到来，让荒寂的山头一下子热闹起来。

龙家祖坟所在的岭头叫福建岭。在红坎市，郊区有福建河、福建村、福建岭；市区有福建街、福建庙、福建会馆。红坎远离福建省千多里，为何与"福建"这般密切？这同红坎的开埠、发展有关。

古埠红坎，在宋代已成为广州湾内海一处渡船码头，但船舶甚少。相传清康熙六十一年（1722年），福建省商人方文达一行从泉州载货来红坎埠做贸易。他们在茫茫大海上航行了九天九夜。一日，浓雾沉沉，看不清十步以外的景物。突然一声巨响，货船触礁，被撞开一大窟窿，海水像喷泉般涌入。他们立即投入抢修，堵塞，但无济于事。海水瞬间漫过舱底板，眼看要船沉人亡。他们跑上舱面，向天焚香跪拜，大声呼救。此时，只见从远处游来一只大海龟，快速靠近货船，用龟背堵塞船身洞口，默默地驮着沉重的货船前行，终于平安抵达红坎。方文达一行登岸后，发现这里湾深水清，物阜民丰，人烟稠密，是一处理想商埠，便定居下来。他们买地建店铺，组织货源，发展贸易。之后，福建人汇聚渐多，繁衍生息，便形成福建街和福建村。随着影响力的不断扩大，出现以"福建"命名的地方和事物，便是自然的事了。

据说，来红坎开发的福建先人就埋葬在福建岭。福建岭地势不高，但地形开阔，视野甚广。站立高处，沙头角、红坎、广州湾等地景物一览无余，尽收眼底。它的左边有河流环绕而过，右边有山林拥抱，是一块风水宝地。红坎市，尤其沙头角的人，便争相在福建岭上选择墓地。日复一日，年复一年，互相挤占，互相重叠。时至今日，这里已是一处乱坟岗。

在福建岭埋葬的龙家先人叫龙宗光，还有他的妻子罗氏，是一口合葬墓。宗光的父亲祖棠，依照村规族约，死后运回龙头上圩埋葬。每年回去扫墓拜祭，坐船过海，步行三个多小时，才到达墓地。来回折腾，少则二天，多则三天，颇费周折。所以，宗光生前对子女说："我死后就葬在福建岭，方便子孙每年拜祭。"

到达墓地后，分工合作，大家都忙碌起来。男人修整墓地，女人摆弄三牲祭品。

龙大河从岭下挑一担青草坯回来。青草坯是用来压后土、坟头和坟手的。龙大河中等身材，皮肤黝黑，不像他的哥哥大海和弟弟大山那样白白净净，皮光肉滑。他呱呱落地时，手脚乱舞，哭喊声震耳欲聋，性格刚烈。母亲说他是坐火炭船来的，应把他放到大河中冲洗白净，软化性格。在给他起名时，父亲想起《千字文》中有"海咸河淡"一句，于是把他叫大河。从此，龙家有"海"有"河"。此时，他看见弟弟大山无所事事的样子，便问:"你将墓碑油漆了没有?"

"我忘记买红油漆了。"大山低沉地回答。

"每年我在佛山给你打电话,说清明祭祖的事,都嘱咐你买红油漆。每次你都爽快答应,但一到墓地,你就说忘记买了。我早准备好了。"大河边说边从自己的塑料袋里拿出一瓶红油漆和一支毛笔,递给大山。"太斤斤计较了!"说毕,又挑起粪箕下岭挖草坯去。

大山被大河奚落这一顿,只好默默无声地蹲在墓前,一笔一笔地油漆碑文。三个站立在他身后的后辈掩嘴偷笑。祭祖完回到祖屋后,大人问他们刚才在墓地为什么偷笑。一个说:"二伯公把叔公骂得像一条狗。"另一个说:"叔公太自私了。"大人叮嘱他们,大人的事小孩儿不要管。

老大龙大海站立在距墓地十多米开外最高处,环视四周,眺望远方。他一米七八个头,清秀壮实,一表人才。他的祖父从龙头坐船过海到沙头角落脚,在海边谋生,家就在海边,大海滋养了他们一家。他是龙家长子,父母期望他有大海般的胸怀和博爱,故取名大海。突然,他深有感触地说:"前几年我回来拜祭父母,也是站在这个地方,最远处的田野、河流、大海都尽收眼底。今年看见的都是高楼大厦和工厂。谁说红坎市发展缓慢呀?"大海前年底就退休了,现在被返聘回原单位属下一个公益事业单位工作。这次是借公干的机会,绕道回老家一趟。省了一笔费用,又尽了孝心。他大学毕业分配到北京工作,四十年来仅回过红坎市几次。

大海的话音刚落,大山立即停止油漆墓碑,抬头开口:"大哥，你不了解情况。扫完墓回祖屋，看看沙头角，你就知道了。"大山是六兄弟姐妹中唯一留守红坎市的人，又是市属区里的一名局长，对红坎市的发展情况是比较了解的，所以他才这么说。

"你们几位大老爷，发什么感叹呀！还不赶快来锄草修坟！"龙家大姐龙红梅指挥弟妹们。她个头不高，不到一米六，但很威严，弟弟妹妹们都听她的话。红梅读初一时就已接受地下组织的教育。初三下学期，红坎市解放前夕，她被吸收加入了中国共产党，旋即被派往解放区学习半年。临走那天，她不敢回家取衣物，整理行装，怕被母亲阻拦。她给母亲写了一封简短的信，让同学送到家里，请母亲把几件平常换洗的衣服交由同学带回学校。多年后，她才回家同母亲和弟妹们见面。此后，她一直在粤中各县市工作。十年前，在佛山地委离休。自母亲病逝后，她担当起母亲的责任，关怀、爱护和帮助弟妹们。所以，弟妹们都很敬重她。

大姐红梅一声令下，弟妹们立即忙碌起来。培土的培土，铲杂草的铲杂草，铺草皮的铺草皮。众人合力劳动，一个小时后，一口合葬大坟呈现在众子孙面前。女人忙着摆放祭品，男人忙着往后土、坟头、坟手压纸钱。大河点燃了香烛和香火。

此时，红梅发令："开始拜祭！"

"慢！"大海突然高叫一声。他站到坟前最高处，对众人说："昨夜，我写了一篇祭文。我先读祭文。"

众人料想不到大海会突然增加这一项内容。沉默一会儿，红梅说："好吧，你宣读祭文。"于是，众人按辈分排队，肃立坟前。大海站在队伍最前面，面对坟墓，感情激昂，开始宣读祭文。空旷的荒野中，回荡着大海洪亮的声音。

皇天后土！

龙宗光父亲大人、罗氏贤母：

今天，我们兄弟姐妹六人率领众孙后辈，从北京、广州、深圳、佛山和红坎等五个城市，来到您们墓前叩拜，祭奠您们的英灵，感恩您们的养育之恩！

我们铭肌镂骨！

父亲大人继承龙家吃苦、勤奋、节俭、诚实厚道的家风，将龙家在红坎产业做大做强，创立隆昌行土特产贸易行，生意蒸蒸日上，为后代在红坎市立足、创业和发展打下了坚实的基础。母亲大人吃苦耐劳、勤俭持家、教养子女，是一位贤妻良母。您们的子女和后辈没有辜负您们的培育和盼望，个个已成家立室，儿孙满堂；人人事业有成，生活幸福美满。我们六兄弟姐妹虽然分居五地，但来往密切，和睦相处，相亲相爱，团结互助，亲密无间，如同您们生前居住在沙头角正街三十八号老屋一样和洽。

日食饭，当思父母之辛苦；日着衣，当思父母之勤劳。我们六兄弟姐妹能有今日幸福美满的生活，是父母的福气，是父母的恩泽，是父母的庇佑！

人生百事，惟孝最先。

沙头角正街三十八号祖屋因长期无人居住，又年久失修，现已破旧。祖屋是祖先留给我们最实在而又宝贵的财产，是父母在天之灵的牵挂！我们兄弟姐妹六人，决心继承父母艰苦创业之精神，同心同德，团结一致，互相帮助，重建祖屋！我们要把祖屋建成沙头角片区最漂亮、最有现代化气息、最令人羡慕的小洋楼！彰显龙家昔日之气势，树立龙家之声誉！以告慰父母大人在天之灵！

今值清明，谨备三牲祭品和金银财宝纸钱拜祭，敬请父母大人缯用。

父母上天有灵！保佑我们人人身体健康！工作顺利！学业长进！心想事成！建大业！发大财！

龙大海率领姐弟妹及后辈拜祭
公元二〇〇六年四月一日

大海宣读完祭文，众人按辈分，一一跪拜。个个三跪九叩，口中念念有词，诉说自己的祈求。礼毕，烧纸钱。正要奠酒时，冬兰大叫一声："慢！大海哥的祭文还没烧呢！"

"我的祭文不烧，我要保存下来。将来我要出回忆录。"大海不紧不慢地说。

秋菊插话："回酒店，你再追记不就得了。"

"你的祭文不烧，父母怎么知道你今天的祈求呢？你今年不是白来做清明了？"大河说。他不怎么相信封建迷信这一套，他来拜祭父母是寄托哀思。他不理解大哥这种做法，凡做一些小事都表现自己，唯恐别人不知道。还有一点，祭文落款应该是："龙红梅率弟妹及众后辈。"但大哥却写："龙大海率姐弟妹及众后辈。"这是对大姐的不尊重，突出自我。但大河并没有把这些说出口。

听罢弟妹们这么一说，大海才慢慢从口袋里掏出祭文稿纸，走到墓前，蹲下身，投到燃烧着纸钱的烈火中。

于是，论资排辈，一一上前奠酒，直到把那瓶二锅头倒完为止。紧接着燃放礼炮。二十多米长的大炮头鞭炮，将整个墓地围绕一大圈。天福点炮。鞭炮是他敬献的。一时山野间久久回响着鞭炮声，火药味和浓烟飘拂在上空，久久不散。鸟雀惊飞，蛇鼠乱跑，吓得小孩惊叫声一片。

山野宁静下来后，到了分享祭品时刻。小孩迫不及待，纷纷争抢，巧克力糖是他们最喜欢的食品。大人大多吃苹果。龙家十多人围绕着坟头，边吃边发感慨。

大山狼吞虎咽，很快吃完一个苹果。他用右手抹几下嘴角，指着父母坟地周围说："你们看！再不用灰砂修整父母的坟墓，说不定明年就找不到父母的坟头了！"他说的是事实。他们父母的坟地，最早占的地盘很大，有三十多平方米。随着城市发展，新坟多，坟地供应紧张，农村也不许乱占山头了，福建岭一年新增十几二十口新坟。父母坟地原先的坟手、拜台都给别人占去了，现在父母坟地不到五平方米。

大海马上回应："几年前我就提及这个问题了，没有引起大家重视！我双手同意大山的意见。"大海在部委里工作，对任何问题都有一种先见之明。

"如果大家主张修坟，请风水先生择个黄道吉日，大家一起回来修。"大河不紧不慢地说。他是一位商人，讲究实效，不放空炮。他深知修坟是家族中一件大事，且宗教礼仪甚多，又烦琐。他人在佛山，生意繁忙，难以抽身回红坎做前期准备工作，所以才说出后面这一句话。大山肯出来承担前期准备工作最好，但大河相信他会推托的。

"大山，你是唯一留守红坎的人。你做一下前期准备工作怎么样？"大海不甚了解大山的为人。

大山笑着回答："大哥,你看重我了,我承担不起这份重责。"

此时，红梅开口："修坟的事，我们回去再议吧！"她长期担任第一把手，处理问题不先表态，这叫老练。

"走！"不知谁大喊一声。于是，众人说说笑笑，踏着原路回祖屋了。当地习俗：清明祭祖完毕，一定要从墓地带三根香火回家。表示引领死者的灵魂回家，不让死者的灵魂在荒野中游荡，做野鬼。大家都知道这是封建迷信，唯有入乡随俗了。

民间流行一句说话：清明祭祖，年年讲修墓，年年无人修。龙家能否突破这句流行语吗？我们拭目以待。

三、祖屋

　　龙家清明祭祖的车队一进入正街,立刻引起小小的轰动。街坊邻里知道,这是龙家的人回来做清明。于是,不少人都来到街上观看,指指点点,窃窃私语。一辆黑色皇冠小车打头阵,后面三部小车跟随,最后是一部皮卡压阵。五部车摆放街上,是正街难得一见的风光。

　　大海先从皇冠车上下来,双手捧着三支燃烧的香火进入祖屋。大河和大山头顶三牲祭品紧跟在后面,随后是女辈,再后是晚辈。众人相继鱼贯而入,壮重、有序、严肃,充分显示出龙家的气派和团结。

　　三奶静立门外,默默地看着,没有人同她打招呼或说话,似乎没有看见她一样。只有大河用眼神向她示意一下,但她也感到满足。因为她不是龙家人,她夫家与龙家同是龙头上圩大队人,但不同姓,夫家姓郑。她丈夫生前同她说过,夫家同龙家是亲戚，沾亲带故，到底是哪一门子亲戚，他也说不清楚。总之，同街坊邻里相比，她们家同龙家来往密切一些吧。龙家人也相信她，所以才委托她照看祖屋。前天，儿子韩朝接到大河的电话，说今天龙家祭祖后回祖屋，让她把祖屋打扫干净。所以，昨天她就同儿子一起来打扫房屋，把猪𤞵赶回家去。她还让儿子去木柴门市部买七八根油伽利木回来，凡有危险的墙体都用油伽利木顶住，并用旧报纸写上"危险，勿近！"的字样贴在墙壁上。今天吃过早餐，她就来开门，等候龙家人回来。

在秋菊和冬兰指点下，大海将三支香火插在前厅正墙根下，大河、大山也随即将祭品安放在香火前。之后，众人在祖屋内随意走动，仿佛参观一处名胜古迹。

"我们到前屋看看。"红梅领着众人穿过天井，折返前屋。前屋不大，约五十平方米，三米多高的瓦房。姐弟妹六人都在这里出生、成长，每个人都对这里留下深刻的记忆：谁在这里爬地、跌跤、尿床、吵架，……都历历在目，记忆犹新，仿佛昨天才发生过的事。红梅边看边同弟妹们回忆祖父龙祖棠建造这幢二进一天井的砖瓦房的艰辛历史。

祖父龙祖棠在村学堂读了四年书塾，十五岁那年就跟乡中一位叫大胆的农民过海，到沙头角帮大胆养鸭，吃住在鸭棚里。在一次台风中，大胆被海浪卷走，生不见人，死不见尸。在海边收购鸭蛋的一位老板见祖棠老实忠厚，手脚勤快，于是让祖棠为他收购鸭蛋。这位老板不仅在海边收购鸭蛋、生猛海鲜产品，还经营其他食品和杂货，在红坎北桥市场有两间铺面。生意好时，也叫祖棠到店铺里帮忙。后来，索性让祖棠在店铺里坐堂，晚上为他看守铺面。祖棠天资聪敏，勤快好学，为人厚道勤恳。对生意场上的进货、质量鉴别、价钱、接客之道、记账做账，他都一一记在心里。三年后，他把自己积存下来的工钱做本钱，自立门户，到海边收购鸭蛋和海产品，做起小生意。他熟悉环境，人缘好，买卖公道，手勤脚快，不出三年，他的生意已超过他以前的老板。有钱了，他就在沙头角买地，兴建了这幢二进一天井的大瓦房。

回忆到这里，红梅不再讲述了，她说："这幢二进一天井的砖瓦房怎么就完全变成我们父亲的，个中缘由，你们都知道了。"

看完前屋，红梅带领众人去堂屋休息、饮水。

秋菊没有跟随大家去堂屋。她继续留在前屋，双手抚摸发霉和积满灰尘的墙壁，一面墙一面墙地抚摸，四面墙都抚摸过。在龙家六子女中，她是在这祖屋居住时间最长的人，也是陪伴母亲生活最长的子女。她对祖屋有着深厚的、刻骨铭心的感情。父亲死得早，父亲死时她才四岁。听母亲说，父亲是被叔叔气死的。当年，父亲将叔叔宗明一家赶出家门，叔叔流落街头，也找不到工作。毕竟是骨肉兄弟，父亲于心不忍，让叔叔回到贸易行，替自己看守仓库，并让他一家人住在仓库旁一瓦屋内。一次，父亲押运一批土特产上广州。时值盛夏，返回红坎途中，在开平患上大热症。此时，刚好接到信息，获悉弟弟恶习难改，吸食鸦片，欠下大笔债务，已将仓库内全部货物倒卖出去，偿还债务。父亲当即气倒在地。回到红坎第三天，便撒手人寰。寡妇带仔，一个女人要养育六个子女，个中困难和辛苦可想而知。解放前夕，大姐红梅离开红坎市参加革命去了，大哥大海五六年上广州读大学，大河、大山和冬兰都先后到外地读书，家里就只有她和母亲两人相依相伴。白天去砖厂担砖做临工，晚上坐在天井中央，月光下一叶一叶地撕烟叶。每撕一百斤烟叶，烟厂就给三元加工费。她做完功课，就坐在母亲面前帮助撕烟叶。有时母亲不让她撕，说："烟叶的烟味很浓，吸入多了，对身体不好。你早点儿睡，明天还要上学。"母亲就因为长期撕烟叶，吸入大量的尼古丁，得肺癌而死。想到这里，她的双眼滴出大滴的眼泪。母亲走后，她一人独居二进一天井的大瓦房，夜里睡觉总是胆战心惊。秋高气爽的夜晚，野猫在屋顶上追逐，发情的母猫声嘶力竭阵阵叫喊声，令人毛骨悚然。更可怕的是翻风落雨的夜晚，她既怕房屋倒塌，又怕坏人入屋，双眼盯着瓦面，双耳细听房门动静，整整一夜不敢入睡。隔壁刘洋母亲往往会对她说："亚女呀，夜里有什么事，你用砖头敲打墙壁，我们就会过来帮忙。"三奶见到她，也会说："亚女，有事你就来找三奶。"街坊邻里的关心，增加了她的胆量。就这样她在这祖屋度过了三十多个年头。此时，堂屋传来众人哈哈大笑声，打断她的回忆，她旋即转身向堂屋走去。

"秋菊来了，你们问问她，是不是这样。"大山指着秋菊，笑着大声说。

"什么事？"秋菊问。

大山拍打着天井角落中一口石磨，说："大河小时很调皮，常常同街坊邻里的小孩子去海边玩水，好几次衣服被海水卷走，赤条条跑回家。每次，母亲都让他趴在石磨上，打他屁股。"大山转身问秋菊，"有没有这回事？"

石磨是祖父磨黄豆做豆腐时遗留下来的。

"有这么一回事。"秋菊回答,"你心计多,总欺负我们。"

秋菊这一句,勾起大河的回忆。他立即站起来,说出一件小事,连大山听了都哑口无言,默不作声。

"一天,母亲在厨房煮猪潲。大瓦煲里有四条番薯,我们四人各人一条。大家围着灶头,谁也不肯离开,生怕自己的一条被别人抢走。厨房是用禾草搭成的泥坯屋,没有窗户,酷热难耐。妈妈满头大汗,将我们赶出去,说:'你们都到正街上玩,番薯熟了,我自然会叫你们回来。'我和两位妹妹都听妈妈的话,到街上玩去了。大山不肯出去,蹲守在厨房门外。当妈妈到街上叫我们回来时,只见大山蹲在堂屋墙角处,双手紧紧地捧着竹篮,篮里有两个大番薯。"

秋菊和冬兰两姐妹都记得这件事。后来,大姐和大哥也曾听妈妈谈及过。此刻,众人仅微微一笑,不说什么,都不想伤害兄弟姐妹之间的感情。

小事见大。

为了缓和气氛,红梅便转换话题,问大河:"后面小洋楼还可住人吗?"

大姐红梅在佛山,大哥大海在北京,大山入住公家的房子,妹妹冬兰住厂里,只有大河和秋菊留守祖屋。大河在化工厂工作,厂里没有房子分配。秋菊的爱人李当正在外地工作,更不可能在红坎市有房子。他们两家各有两个小孩,八口人挤住一起,干什么都不方便。大河从"五七干校"回来,兄妹两人商量,决定在屋后向海边填土造地,兴建一幢小楼,大河住楼上,秋菊住楼下,前面祖屋改做公用。大河妻子陈秀英堂兄陈亚太刚好从雷州打石回家路经这里,答应帮助他们施工兴建。历时四个多月,终于建起一幢四十多平方米的二层小楼。

"住人是可以,一旦刮台风下暴雨,就胆战心惊。"

"为什么?"大海问。

"说来你们也不相信。当年没钱买材料,砖头是去砖瓦厂捡的。买钢材要批指标,我们批不到指标。倒灌楼面时,除去黑市买了二百来斤钢材外,大部分就用竹篾代替钢材。"说到这里,大河有几分洋洋得意。

"谁出的主意?"大海又问。

大河扭转身,指指站在众人身后的李当正,回答:"是他。"

李当正是秋菊的丈夫。当年他在县里工作,他的办公室所在的那幢二层小楼就是五八年"大跃进"年代用竹代替钢材建造的。他受到启发,提出用竹代钢的办法。

大家都在议论建造小楼的事,小孩子们却嚷叫起来:"肚子饿了,你们怎么还不去吃饭呀!"

"走!吃饭去。"于是,在红梅带领下,众人纷纷走出祖屋。

这期间,大河在祖屋门外不远处找到三奶。他拉着三奶的手,亲切地说:"三奶,你坐我的车,我们一起去酒店吃饭。"往年过完清明,他都会请三奶吃饭。她很高兴。她认为,龙家人看得起她,把她当亲人看待。但她也感觉到,她同他们没有很多话说。儿子对她说,这是代沟。她也不懂什么代沟不代沟,反正就不像他们死去的母亲那样,两人都有话说。

三奶不移动脚步,回答:"大河,多谢你!今天我身体不舒服，就不去啦。"

"哪里不舒服？"

"腰痛。"三奶用粗糙的右手拍打着微驼的腰，轻声地回答。

此时，皇冠车鸣起喇叭了。

大河急忙从口袋里掏出一张红色的百元人民币塞到三奶的手里，连说："你要多保重身体。"每年回到祖屋，他都会给三奶一百或几十元钱。今年也不例外。

三奶推让再三。

大河紧紧抓住三奶的双手，连声说："小意思。多谢您！多谢您！"说完，就往小车走去。

也就在这时，秋菊提着一袋东西来到三奶面前，说："三奶，你辛苦了。"边说边将东西递给三奶。"这是拜山的一些饼干、糖果和食物，给你的小孙子吃。"

难得秋菊每年都这么有心，记挂着她。三奶不说什么，手里紧紧提着塑料袋，望着向小车走去的秋菊。

小汽车队离开祖屋了！离开沙头角正街了！

龙家祖屋仅仅热闹瞬间，马上又归于沉寂和冷清了。

四、家庭会议

晚饭后，众人先后来到红梅的住房。红梅和大海早已端端正正地落座在大窗下的沙发上，面对房门，显示出家长的地位。俗话说：父母不在，长子（长女）为父（母）。其他人则分散坐在两张床上，没人说话。

"开会吧？"红梅侧脸问大海。大海点点头。红梅面对大家，平静地说："今天开个家庭会议，共同商量我们龙家的一些事情。"她今天身穿浅蓝色上衣，黑色西裤。下午，龙大河带她去红坎市最有名的一间理发店，叫"文明"的理发店，找了一位老师傅给她理了发，显得容光焕发，一下子年轻了几岁。

"是常委会议。"大山开玩笑，插话。

"是全会。"大河纠正。今天来开会的除龙家六兄弟姐妹外，还有大河、大山、秋菊和冬兰四人的配偶。姐夫留在佛山，大海的妻子远在北京。

"乱来！你们不要把自己作大了。"红梅是单位的一把手，有一把手的作风，今天也不例外。过一会儿，她转而平淡地说："不是回来祭祖，大家难得聚在一起。明天吃完早餐后，各人就要回到自己所在的城市了。今天考虑了一件事，有必要同大家一起商量解决。这件事是……"

"祖屋！"大山脑瓜子反应快，得意地插上一句。真不愧是龙家的小诸葛。

"大山说出来了，是祖屋。"红梅目光来回扫视大家，停顿了好大一会儿才说："祖屋是祖父母和父母辛勤一辈子的成果。我们兄弟姐妹六人都在这里出生、长大，都有深厚的情怀！党的改革开放政策好！现在我们都享受政府分配的房屋，居有其所。祖屋呢，祖屋自然放置不用。大家今天都看到了，现在破败成这个样子！我看了心痛呀！怎么办？大家讲。"她把话打住了，让大家思考回答。老领导就是老领导嘛！

"说到感情，我和秋菊对祖屋最有感情。"大河第一个回应大姐的问题。"我们不仅居住时间最长，而且还加建了后面一幢二层小楼。"他对祖屋的处理早有考虑，但他不急于说出来，他要听听别人的意见。这叫"引而不发"。

"这是父母留下的遗产，谁没有感情？我们六兄弟姐妹都有感情！"大山的话带有反驳的味道。

会场一下子沉默。

"大海，你说说。"红梅扭头看着身边的大海，"今天扫墓读祭文，你提出要重建祖屋，以告慰父母在天之灵。这很好嘛。"她现在还记得，从解放区回到刚解放的粤中地委工作，评定工资时,她每月工资是三十八元伍角。她第一次给家里寄去二十元,供弟妹们读书,她自己仅留下十多元生活费。以后每月都按这个标准寄出,一直到六一年,三个弟弟都出来工作为止。她不需要什么知恩图报,只希望弟妹们好好工作,同心同德,维护好龙家命脉,薪火相传;尤其身为大哥的大海,更应作出榜样。她相信大海。

大海接过红梅大姐的话,不紧不慢地说:"大山讲得有道理!祖屋是父母遗留下来的,我们大家都有感情。我理解,大姐今晚开会,不是让我们谈感情的问题。怎么处理好祖屋,是维修或是重建?大姐,是不是这个意思?"他回望着大姐,问。他不等红梅回答,继续说:"我在祭文里已讲得很清楚了,我主张重建!"

红梅等大海把话说完,才"唔"了一声。她心想:不带着感情,怎样能把祖屋重建好?我们又不是房地产开发商。她对大海这次回来拜祭祖坟的表现,略带几分不满意。今天宣读祭文一事,事前没有同她商量,提出重建祖屋,更没有征求过任何人意见。处处抢头功,表现自己,但实际工作没有做过一件。但她善于克制自己。

"维修或重建,大家决定,我没意见。"大山首先表态。他原单位虽然是科级建制,但他是一把手——局长,实权在握。所以,十几年前,他就主持兴建了一幢干部宿舍楼。他分得四房二厅,一百四十多平方米的大居室,坐北朝南,面向大海,宽敞明亮,居住十分舒畅。打他考上市技工学校后,就很少回沙头角正街老屋,尤其近十多年来,仅仅在清明祭祖这一天才回去转一转。沙头角这地方是一个被人遗忘的地方，是一个鬼地方，简直就不是人居住的地方。对祖屋，不要说重建，就是维修也没有多少价值。当然，这些话，他不会说出口，他不是一个傻子。

秋菊跟着表态："维修花钱也不少。维修好后，没人回去居住；出租嘛，目前也没人租。不出几年，房屋又会陈旧不堪。我主张重建，我看好中国的房地产市场。"一位初中毕业的工人，说出这么有主见的话，令其他人刮目相看。深圳这地方真是出人才！

冬兰也立即跟着二姐，作出重建的表态。在家庭许多事情上，她都同秋菊的观点一致。这也难怪，她们两人相处的时间很长。母亲过世后，她们姐妹相依为命，秋菊担当起母亲的责任，事事处处都护卫着她。当中有一件事，令她终生难忘。1968年她高中毕业，响应政府号召，在学校报名下乡插队当农民。下乡那天，秋菊赶到郊区的学校，把她从车上拉扯下来，对她说："你没父没母，我没本事从乡下把你调回城。你跟我回去！"说完，行李也不要，就这样将她拉扯回家。三个月后，她的行李才被同学送回来。当年，大姐和三位哥哥都批评秋菊，说她没有政治觉悟，乱来。更有甚者，大山几次跑回老家，指着秋菊大骂，说牵连了他，他的政治前途将会受到影响。

大山见大河还没有明确表态，便对着大河说："大河哥，你既然对祖屋感情最深，说说，是维修或是重建，我们想听听你的高见。"

大河与大山两人自小性格不合，用广东话来说，叫作两人不咬米。所以，两人在一起，往往免不了会针锋相对。

"你是真听还是假听？"大河扭转身，面对大山问。

"当然是真听啰！你是大哥，哪敢不听。"大山马上响亮地回答。说完，哈哈大笑几声。众人也不明白他笑的意思。

"既然你是真听，我就老实讲出我的意见。"大河扫视众人一眼，说："我同意大哥和两位妹妹的意见，重建！大家都看到，祖屋败落到这个地步，已没有维修的价值。大家合力重建，保留住龙家的根基，这是对父母最好的报答和怀念！"大河的话字字有力，句句有声。

"好！"红梅轻叫一声。有分量的话不必多说，这是她几十年革命工作的经验。

此时，大海开口问："怎样建？谁建？"因为在祭文里他没有提到这些具体问题。如果有人提出重建具体方案，并且肯承担重建工作，那他的主张就实现了。他是有功劳的，毕竟，他是第一个提出祖屋重建的人。

"我同意大海哥的意见！"大山立即表态支持。

"当然是大家集资来建啦！祖屋人人有份嘛。"大河毫不迟疑地回答。

秋菊和冬兰异口同声表态："同意大河哥的意见，集资重建！"

此时，红梅再次小声地对大海说："你再多讲几句。"她希望大海也像大河、秋菊和冬兰一样，态度鲜明支持集资重建。

大海沉思好一会儿才开口说话："我多次讲过，我同意重建。但我认为，既然是集资重建，就不必勉强人人都参与。谁想参与就参与。这同单位集资建房一样,以自愿为原则。讲到我自己,我人在北京,家在北京,人早已进入有所不为之年了。我不可能千里迢迢从北京回红坎来参加重建工作,望大家体谅我。更深一层来讲,重建后的祖屋,对我来说,没有什么价值。"他继续说:"你们一定要我参与集资重建,我决定放弃继承权。你们当中哪一位想要我这一份,你就拿去好了。"大海声音低沉,吐字缓慢,态度明确。这时,他成了一位甩手掌柜。

大海的话如一枚重磅炸弹,会场形势急转直下。大家万万想不到大海态度变得这样快,真令人费解。

大山马上接过大海的话说:"我在市区有房居住,不需要再建什么新屋。如果按人头出资重建,我要慎重考虑,是放弃继承权或是转让我的权益。"大山的话推波助澜,会议已无法进行下去了。

此时,服务员第三次来敲门,说:"深夜两点多钟了,请你们说话轻一些,不要影响其他客人休息。"说完,她轻轻关上房门。

红梅绷着脸,听完两位弟弟的发言。她万万料想不到会有这样的结局出现。在单位,她从没遇到过这样的窘境和场面。人们常说,家庭是社会的缩影,是社会的细胞。在普通人家庭中,许多问题都是具体的、琐碎的,件件都牵扯到每个人的切身利益,解决起来真不容易。看来会议无法继续进行了。如果要继续讨论下去,必然争吵不休,毫无结果。让大家冷静思考,下次家庭会议再提出,可能会更好一些。于是,她借着服务员的提醒,低沉地说:"深夜了,今晚的家庭会议就到此结束吧。"

家庭会议没有任何结果。

众人纷纷离去,留下红梅一人。

这一夜,她辗转反侧,没法入睡。她想了很多很多。

第二天,她头脑昏昏沉沉地坐在大河的皇冠牌小车上,返回佛山。在路上,她只对大河说了这么一句话:"你好好考虑,怎样才能完成祖屋重建。"

五、承担

八月中旬的一天早上,大河接到三奶儿子韩朝的电话。他告诉大河:红坎市一连三天狂风暴雨,大河祖屋临街的一面墙倒塌了一大半。是夜里倒塌的,幸好没有压倒行人。余下的半边墙已成危墙,应赶快处置,否则,压倒行人,责任重大。大河马上给身在红坎市的弟弟大山打电话。一连拨打了五次,每次都接通,就是没人接听。下午四点钟,他又拨打,这次大山接听了。

"大河哥,你什么时候回红坎的,怎么不事先告诉我。"大山开口就这样问大河。

"上午你去哪里了?为什么不接听电话?"大河尽量控制自己的愤怒。

"我的手机留在家里忘记带出来了。"大山轻描淡写地说。

"祖屋临街那面墙倒塌了,你赶快回去处理!"大河直截了当地告诉大山。

大山脑瓜子灵活，反应敏捷。他转换口气说："有这么回事？谁告诉你的？辖区街道党支部组织党员下乡支农，我下乡支农了，不在市区。你不是请三奶管理祖屋吗？你先让她帮我们处置，三天后我回市区再去处理。"

大山历来是这个品性，你叫他帮忙做事，没有利益的，他就推三推四。大河放下电话，不再跟他鬼扯。旋即，他转而给韩朝打电话，请他帮忙把未倒的残墙拆除，避免出事。

两个星期后，大河接到沙头角派出所的电话："你是正街三十八号业主龙大河先生吗？"

"我是大河。您是哪一位？"

"我是沙头角派出所辖区民警。"

"什么事？"

"据居民反映，有一帮白粉仔经常在你三十八号后面小楼的楼上吸食白粉和赌博。你要赶快去处理！出事了屋主要负连带责任！"

接听完这个电话，大河明白事态严重。他安排好工厂里的事，第二天就赶回红坎市。这次他没给弟弟大山打电话。给他打电话，浪费电话费。

三天后，大河从红坎市返回佛山。他疲惫不堪，整整在家睡了一整天。第二天吃过早餐后，他驱车到市委部长楼大姐红梅家。

部长楼坐落在汾江路上，背靠闹市面向佛山母亲河汾江，江对面就是树木茂盛的中山公园，是一处闹中带静的好居所。

部长楼建于上世纪80年代，为当时最为豪华的建筑物，因而社会议论不少。现在，外墙石米剥落，颜色灰暗，老态龙钟。十年前，市委兴建了单门独户的小别墅，分给市领导。大姐夫易中和有条件入住，但他却放弃了自己的权益。别人问他原因，他只轻描淡写地回答："住在那里门禁森严，外人来访要登记，出示证件。我乡下的亲戚朋友多，他们来探望我不方便。再有，我即将离休，是一位普通市民，住在老楼，习惯了，上街买菜办事都方便。"大河来到部长楼，按下"501"门铃，通报姓名后，大铁门自动打开。大河进入大楼，扶着楼梯扶手，拾级而上。他进入501房内，很清静，不见姐姐和姐夫，问："他们呢？"

"他们去晨运还没回来。你先坐，我在搞卫生。"钟点工陈亚姨回答。

大河利用这机会，各处走动。四房二厅居室，双飞粉批荡的墙面，地面铺佛山当地产的瓷砖。所有一切均与普通民宅没什么大的区别。唯一不同的是面积大了一些，大概有一百三四十平方米，客厅很大。想必当年来访客人多。大概九点钟，姐姐和姐夫才回来。他们同大河打过招呼，忙去洗手吃早餐。大河也坐到餐桌前，看到：每人一瓶鲜牛奶，两片面包和一个番薯。姐姐红梅先开口："有事吗？"

"四天前，我返红坎正街一趟。"于是，大河将返祖屋所见及适时处理的事情经过简单作了陈述。"前进房屋全倒塌了，桁架、桁条、砖瓦等都被街坊邻里搬走了，地面一片狼藉。后进厅堂已开始歪斜。这些都不重要，关键是小楼……"

"大跃进的杰作，人有多大胆，地有多高产。你的胆比他们更大，你用竹篾代替钢材建的那栋小楼，倒塌了？"姐夫易中和问。

"倒塌了，我就放心啦！比倒塌更严重。"

"出了什么事？"红梅放下手中的番薯，问。

"楼上楼下的门窗被破坏，钢枝被撬，偷走。楼下屎尿一滩滩，臭气冲天。二楼，针筒、锡纸、烟头、灰烬遍地，一片狼藉。"大河稍停顿一下，继续说，"听说在我回去前三四天，派出所民警从小楼上带走四人，说是聚众赌博的。"

"成了藏污纳垢的场所。责任重大呀！"易中和的话带有严肃的政治性。

大河马上接过话，说："我接到派出所的电话，也是这么说。所以，才赶着回去处理。"

"大山回祖屋看过吗？"红梅随便问了这么一句。

"没有。"大河回答。"我回去后，第二天约他出来喝早茶，才跟我回祖屋。"

"怎么能这样呢。"易中和随便插了一句。虽然是随便一句话，但在一位领导者心目中，会留下印象的。

"拆了吧！"红梅重重地说了这一句。

大河没有马上回答，他沉默着。毕竟，他对小楼有深厚的感情。小楼，是他同妹妹秋菊一担土一担土地填洼造地，一块砖一块砖递给陈亚太，用竹篾代替钢筋，经历大半年时间才得以建成。自此，在祖屋后面，一幢不到四十平方米、酷似小炮楼的建筑物，屹立在海边。

当年，街坊邻里对他们这种吃苦耐劳的精神都给予好评。

说他们继承了他们祖父和父亲的艰苦创业精神。现在，要他亲手去拆除自己亲手建造起来的房子，无论怎么说，于心不忍，下不了手。况且，还有产权问题。当年，他们兴建这幢小楼时，什么手续都没办理，也不需要办理。上世纪80年代，更换房屋国土证和房产证时，将小楼变更为六兄弟姐妹共有，并入祖屋一齐办证。从法律角度上来说，小楼是六人共有的。现在要拆，不是任何一个人做得了主的，必须六人意见一致。

红梅追问："大河，你说呀！"

沉思良久，大河终于开口："不拆，始终是祸害，不知哪天会出事。所以，拆，肯定要拆！什么时候拆？拆完了，祖屋要不要重建？留下空地一块，政府会不会收回？所有这些问题，不是我一个人做得了主的，也不是姐姐你一个人做得了主的，必须六个人的意见一致。"大河是一位商人，他的逻辑思维，行事的方式和方法，都是商业行为。在当今时代，国家有政策和法规；依法办事，也是国家提倡的。总之，一句话，办任何事情，都必须依法！当然，在商界，大河是受人尊重的。可在家里，他这种逻辑思维和行事方式，不一定为大家所接受，会反感，甚至还会发生矛盾和争斗。

"大河，你不要将兄弟姐妹之间关系看得这么紧张。"红梅是行政领导干部，她的逻辑思维、处事、为人态度就同大河有出入，"我们六兄弟姐妹毕竟受党教育多年，是有一定政治觉悟的。更何况，大家都是国家干部或职工，不至于为一点点儿家庭财产发生争斗，甚至要上法庭。大河，改变思维方式，放松思想，不要有任何顾虑,把小楼拆了！我和你姐夫都支持你。

好吗？"领导就是领导，会做群众思想工作，更何况自己的弟弟？

大河还是沉默不语。

"大河，你在这里吃中午饭吧！"钟点工陈姨问，她准备做中午饭了。

"我中午有接待任务，谢谢你！"大河回答。

"好吧！我先叫工人拆了。"大河心里有数，拆楼不会有什么问题。问题在于要不要重建，用什么方式方法重建，这是关键所在。"我相信，有姐姐和姐夫的支持，我们龙家的问题一定会解决的。"大河说这句话不是没有事实根据的。兄弟姐妹五人，人人都受到姐姐和姐夫的荫庇和帮助。其他兄弟姐妹不说，他自己本人就是有姐夫这层关系，才如愿以偿，从红坎市平调到佛山。由于有佛山这样的环境和这段经历，才为他日后下海、自立门户开办企业铺设了一条金色道路。知恩图报，他很感激姐姐和姐夫。在龙家事情上，不论大小事情，他都听从大姐的，绝不会有第二句话。大河说："我过几天就去红坎处理。"

大河这个表态，让红梅和中和都很高兴。

大河告别离去。他刚走到房门口又折返，对姐姐说："是不是叫大家都到佛山来，你同大家开个会。我通报祖屋近况，你再讲一讲。"

"讲什么？"红梅问。

"讲什么？……"大河似有考虑地回答："既然拆了，就讲重建吧！拆了不重建，放在那里晒太阳，街坊邻里也会笑话。"

"好吧！彻底解决，重建！这样，对父母在天之灵也有个交代，对我们做子女的也是一种安慰。"红梅做了明确的表态。几十年领导经验告诉她，处理困难问题要果断。她要吸取四月清明家庭会议的教训，在处置祖屋这个问题上，对个别人不能放之任之，要发挥集中领导的力量，果断处置。

六、协议

依照姐姐红梅的布置，大河认真履行自己承担的责任，分别给北京的大海、广州的冬兰、深圳的秋菊和红坎的大山打了电话。冬兰、秋菊和大山都表示听从姐姐的安排，会按时到佛山参加家庭会议，并委托大河代订入住的酒店。唯独大海态度模棱两可，没有说来，也没有说不来。接到大河电话，知道会议的议题后，他只说了这么一句："哎呀！……我，我最近身体不怎么舒服。"便放下电话了。

大河是一位精明、成功的商人，他自始至终都将祖屋重建这件事当作商业行为。一、当今是商业社会。二、六个人继承父母遗产，出钱出力重建祖屋，六人共有，天经地义，无可非议。整个过程和结果都应在商业思想指导下进行。他思考两天后，又给远在北京的大海打电话，"大哥呀，你这两天身体怎样？好了一些吧。我考虑再三，这次会议少了你是不成的了。你如果不来，会议将开不成。俗话讲，父母不在长子为父。我看这样……"他停顿一下，想听听大海的反应，但没有回声。于是，他接着说："大哥，这几天北京空气不怎么好，你就飞来广东休息几天，调养调养身体。我安排一间好的酒店，让你好好休养几天。一切费用，我包，好吗？"

沉默一会儿，大海终于开口了："大家一定要我参加，我就去吧。恭敬不如从命，一切听从你的安排。这样成吗？"大海用平静、有分寸的口气说话，不快不慢。

大河快人快语："好！就这样决定。"正当他快要放下电话时，大海又说了："大嫂毛雨要不要参加？"

大河思维敏捷，明白大哥的意思，马上回答："好呀！让大嫂陪你一起来。我已多年不见大嫂了，这次是一次难得的机会，你们一起来吧！"俗话讲：一个鸡蛋是煲，两个鸡蛋是煮。大河明白这道理。

龙家第二次家庭会议终于在佛山大姐红梅家中召开了。是一次到会人数最多的家庭会议，更是龙家作出重大决策的家庭会议。

会前，大家相见时，热情握手问好，诉说着想念和牵挂的话语。那种热情的气氛，那种兄弟姐妹情义，不是用语言表达得了的。总之，易中和家从来没有过这种人声鼎沸、热闹的场面。甚至引来整幢楼各家住户纷纷走到阳台窥望。

红梅和丈夫易中和堂堂正正坐在大客厅正中一张中式花梨木大长椅上，弟妹们及其配偶则依次落座在花梨木椅或板凳上。

"开会吧！"红梅发挥大姐作用，以主持人身份先开口。

她满面笑容地说，"难得大家聚集一起，机会不多呀！今天我们开一个家庭会议。我记得，上半年回红坎清明祭祖时，也开过一次家庭会议，当时大河说是全会，我批评大河乱说。今天是真正的家庭全会。"她环视众人一眼，继续说："父母遗留给我们六兄弟姐妹一间祖屋，经历几十年风雨，又多年闲置，没人居住。现在残墙败瓦，还成为社会不法分子活动的场所。上月，派出所通知大河回去处理。现在，先让大河跟大家说说回去处理的过程和情况。"

大河喝一口茶水，清清嗓子，不紧不慢地说："我是八月底回去的，处理祖屋的事情，前后共三天。大山也跟我回去看过一次，……"他将祖屋残败情况、社会不法分子在小楼楼上吸毒、聚赌等情况详尽道来。最后，他用严肃而坚定的口气说："后面小楼是在这种情况下拆除的。祖屋彻底不存在了！现在剩下的，或者说父母留给我们兄弟姐妹六人的遗产，就剩下一块不到二百平方米的空地！这次家庭会议要讨论决定的事，是——"他停顿了一下，喝口茶水又继续说下去，"怎么办？是重建或者是让空地继续晒太阳长野草！"

众人沉默，客厅鸦雀无声。会前，那种欢悦的气氛一扫而光。

"大山，你先谈谈。"红梅打破沉默局面，她主持会议是常事，驾轻就熟。"六兄弟姐妹，你是唯一留守红坎市的人。天时地利人和，你比其他人都有优势，都有发言权。"红梅指名道姓。

大山哈哈大笑起来。笑后，他略带几乎激动地说："大姐呀！我是没有本事才死守红坎。按出生时辰讲，我是生在黄帝脚的人。轩辕黄帝算命书中有一首诗：生在黄帝足，不宜居祖屋；踏破荒山岭，离祖方成福。我没有离祖，何来成福？你们人人都比我有能力、有智慧、有门路，你们个个都远走高飞，到大城市去，到经济发达的地方去。升官的升官，当大老板的当大老板！我是什么？我是小地方一介小市民，平头百姓一个，有什么优势？"他几分埋怨，几分自我嘲笑。埋怨，当然是埋怨大家不帮助他，不支持他；自我嘲笑，当然是为自己日后所作所为留一手。他是聪明人。说实在话，对大山的经历和为人，兄弟姐妹一清二楚，心知肚明。碍于面子，大家都没有说出来，不点破他。

　　大山一米七几的个子，中等身材，五官端正，皮白肉滑，一表人才。龙家三个男子汉，个个都长得不错，但数大山最英俊。不仅如此，他脑子灵活，反应敏捷，雕虫小技不少，自小就有小诸葛之称。但读书不甚用功，上课时喜欢说俏皮话，偶尔给女同学写个字条。所以，学习成绩一般，初中毕业，考上红坎市技工学校。技工学校毕业那年，遇上国家经济困难，班上同学大多被分配到公社农机厂或农场，甚至远到粤北山区农场。他通过大姐红梅在红坎市的影响力，被分配到红坎市机电厂工作。不到半年，被厂长女儿相中，两人很快坠入爱河，半年后结婚生子。在厂长精心培养和呵护下，大山第二年就当上车间主任；第四年荣升主管全厂技术的副厂长；第六年，老厂长光荣退休，他升任厂长。六年，完成了一名中技毕业生的三级跳。当年，在他母校名噪一时。某年，他参加市长带队的考察团赴广州、佛山进行经济考察活动。佛山市委指派易中和副书记接待考察团，并作经验介绍。当中，市长得知易中和副书记是龙大山的大姐夫，回到红坎市后，找龙大山谈了一次话。半年后，龙大山高升，调到区二轻局任副局长。又过了一年半，龙大山更上一层楼，坐上局长宝座。此时，真是春风得意马蹄疾。龙大山已不能自控，飘飘然，感觉非常良好！但好景不长，伴随着国家改革的大浪潮，市里进行大刀阔斧的机构改革，撤销了区级二轻局。除少数公务员在机关内部调整外，以工代干及其他人员一律调回生产第一线，或者申请提前退休。对提前退休人员，按工龄长短和职务高低，给予一次性补贴。科长（区局长）级最高可拿到二十万元补贴款。这二十万元，当时在当地是一个较大数目，对一些人说，有很大的吸引力。龙大山再三考虑，权衡得失，最后选择提前退休，得补助款不足十五万元。他当时也很满足。但时代发展飞快，对比形势，后来龙大山认为自己吃亏了，对改革、对组织很不满。于是，他组织、带领原区二轻局一批干部职工到市委、省委上访、静坐，要求恢复原待遇，重新计算退休金。此时，中央要求全国维稳，保持经济持续增长，又适逢红坎市委书记蓝带新上任，不了解情况。大山了解到蓝书记是从佛山调来的，曾经是易中和部下。于是，他跑去佛山，求姐夫给蓝书记打个电话。易中和有没有给蓝书记打电话，不得而知。反正，三个月后，他们那批人恢复原来级别待遇，按现行退休条件和待遇退休，新的退休工资从即日算起。所以，龙大山是科级干部退休，这样，他的心才算平衡了。

　　龙大海觉得大山的话不妥，但对他算命的话倒兴趣极浓。于是，他问大山："你算命这么准。我是春季午时出生的，能不能给我算一算？"

　　龙大山意识到自己太冲动，说了过火话。为缓和刚才自己说话的紧张气氛，于是抓住这个解脱的机会，笑着说："大哥既然对算命也有兴趣，我就给你算算吧。你是春季午时出生的，就是生在黄帝肚的人，是吧？"大山边说边伸出右手，拇指在食指、中指、无名指和尾指中间不断来回掐算着，口中念念有词。好一会儿，他停止掐算，说："轩辕黄帝算命书中是这样讲的：生在黄帝腹，衣食自然足；出外贵人逢，笙歌连舞曲。大哥，你好命呀！所以，你出门在外，都有人逢迎，福气不浅呀！"

大海听后，心中窃喜，笑而不语。

此时，龙冬兰也感兴趣了，她笑着说："大山哥，你给红梅大姐也算一算。"她扭头问龙红梅："大姐，你是什么季节，什么时辰出生的？"

龙红梅本来就对大山刚才的这番话很不满意，于是，利用冬兰的问话，严肃地说："生在什么地方不重要，重要的是走好自己的人生道路。道路走错了，什么都错！"为了把握住会议的主题，她转眼望向妹妹秋菊，略带笑容地说："秋菊，你是从深圳来，国家改革开放前沿地方，见多识广。讲讲你的想法。"

秋菊非常尊重大姐。她略为思索一会儿，平心静气地说："这几年，深圳楼价升了许多，地皮供应也紧张了。随着经济迅猛发展，人口流动增加，深圳楼市会越来越好。父母遗留下来的财产，不管从哪方面来讲，都是宝贵的。现在看，正街很落后，我们这块地皮也不值钱。我估计，不出三五年，这块地也会成为宝地。所以，我主张重建祖屋！"在六姐妹兄弟中，唯有她一直陪伴在母亲身旁。当年家境贫穷，她接受的教育也最低，只有初中毕业。毕业后，入工厂当学徒，勤学苦干，升到四级技工。跟李当正结婚后，随同调往深圳。在深圳，她利用各种机会参加培训和学习班，见多识广，文化知识和思维方式都有很大提高。她为人低调，说话做事都很有分寸，所以，红梅和易中和都很看重她。

秋菊这一发言，立刻扭转会场气氛。

"我同意秋菊的意见！"大河紧跟着表态。事实上，他早就考虑重建祖屋，重振龙家事业。实际上，祖屋许多事情都是他过问和处理。

"我也同意重建！"冬兰举手表态。

大山可能感觉自己刚才的话过火了，不适合这场面，于是，他略显低沉地说："我刚才的发言，不是我反对重建祖屋，我是同意重建祖屋的。"

此时，只有大海未表态。众人都把目光集中到他身上，等着他说话。他旁若无人，微闭双眼，似睡非睡。红梅点他："大海，轮到你讲了。"她对他在红坎枫叶酒店家庭会议上的表现，还记忆犹新。

"你们各人的发言我都听到了。我怎样讲呢？……"大海喉咙像有东西卡住似的，好大一会儿才继续说："重建祖屋是好事，我是第一个提出祖屋重建的。"说到这里，他拿起桌上的茶杯，一口一口、慢慢地将大半杯红茶喝完，这才接着说："我身在北京，家在北京，千里迢迢回红坎，难道来要几十平方米的房子？这样吧，我听姐姐的。"他将球抛到姐姐红梅手上。红梅主持会议，还没表态。

红梅老练，反问："你真听我的？"

"当然啦！你是大姐嘛。"大海笑着说，刚才还紧锁的双眉，现在也舒展了许多。

"我主张重建！"红梅马上大声表态。

大河带头鼓掌，其他人也马上跟着鼓掌，客厅内顿时掌声一片。

掌声停止后，红梅一环紧扣一环，接着说："大家决定祖屋重建，很好！下一个讨论议题是……"红梅停顿一下，环视众人。"怎样重建？你们大家讲。"

"这还用问，当然是集资重建，人人有份，权利均等。"大河先明确表态。他一个人完全有能力重建，但这是祖屋，集体继承，不能含糊。

大山发问："大河哥，重建要多少钱？"

"看你建多大面积，什么标准的楼房。"大河早就心中有数。"这次回红坎时，我找陈亚太咨询过，按目前红坎市一般商品房造价，大约每平方米是一千九百多元。私人建房价钱要低一些。如果我们祖屋建三层，大约四百五十平方米面积，土建费要八十万元左右，平均每人大概要十三四万元。"他报出一个比较详细数字。"这还不包括报建费、初装费用和其他不可预测的费用。"他最后又补充一句。

"这样说来，大概每人要二十万元。二十万元！我拿不出。我放弃算了。"大山首先叫喊困难。红坎枫叶酒店家庭会议时，他也曾这样叫喊过，今天故伎重演。

此时，沉默寡言的大海接过大山的话，说："我也放弃！一下子拿二十万元出来，对我来说也有困难。大河，我的那份让给你好了。"他大方，高姿态。

此时，秋菊正和妹妹冬兰私底下说着话，听大山、大海这么一说，她有点儿控制不住自己，十分激动地站立起来说："同等继承，同等分担，同等权利。我和冬兰也是靠退休金过日子。我们同意大河哥意见，想办法筹足钱。"说完，立刻坐下。

一直不开口讲话的易中和为了让会议不偏离主题，此时也站起来讲话了，他说："我支持大河的意见，集资重建，人人有份。祖屋是一条根，有根就有你们龙家。我希望大家都留住这条根！大海、大山，克服困难，同心合力，将祖屋重建好！"易中和把祖屋重建提高到留住根的高度了，令人佩服！同时也堵死大海和大山不参与重建的退路，把他们两人逼上梁山了。不愧为老干部，有领导水平！

姐夫说到这个份上了，大海是聪明人，也不敢再坚持自己的意见了。于是，他转变口气说："姐夫已提到留住根的高度了，我没有什么好讲的了。听姐夫的话，集资重建就集资重建吧。哎！——"不知他最后一声叹气是什么意思。

大山跟上："我也随大流，集资重建就集资重建吧，留住一条龙家根。不过——"他这"不过"拖了约有二十秒钟。"根有大小之分，不可能每条根都一样大一样粗，是吧？"众人这才明白他葫芦里卖的是什么药，想笑也笑不出声。

易中和快刀斩乱麻，"大家都统一思想了，合力集资重建祖屋！十二点半了，去唐宫酒楼食饭，今天我请客！"易中和宣布散会，说完急忙又补充一句，"下午三点继续开会。"姜还是老的辣。

于是，众人跟着他往房外走。

唐宫酒楼离易中和家不足一里路。十多人，三三两两，边走边谈。途中，大河和李当正正低声说着话，易中和快步追上，插在他俩中间，问："你两人密谈些什么？"

李当正回答："我正跟大河哥说，下午确定认建股权比例后，应搞一份集资重建祖屋的协议，恐日后变卦。"

"大知识分子就是大知识分子，考虑问题跟别人不同。好！"易中和拍打着李当正的肩膀，打趣地说。

李当正"文革"前清华大学毕业，当过兵，进过工厂，在农村搞运动多年。改革开放后，在地方基层任职多年，步步走上领导岗位，有丰富的基层工作和领导工作经验，解决实际问题能力强。在易中和眼中，他是一位难得人才。

"大河，到酒楼后，我去点菜，你同当正找个地方，商量起草一份协议，下午拿出来讨论通过，当场签字。"易中和叮嘱。

"好！"大河、当正同时回答。

中午这顿饭，足足吃了两个小时。席间频频敬酒碰杯，叮当作响，互相夹菜谦让，欢声笑语不断，与上午开会绝然不同。

下午会议继续由红梅主持，她先问大家一句："中午的饭吃得怎样？"

"好！"大家一片说好声。当中，龙大山的回答声最响亮。

"吃好就好，下午的会议可要开好呵！"下午她改变主持会议方式，点名发言，"大河，你先讲。"

大河略迟疑片刻，说："既然是集资建房，那就权益均等。每人按六分一出钱，按六分一确认股权，同股、同权、同酬。"

看来，大河也炒股。

"按六分一出资，每人到底要多少钱？"大山还没等大河说完，就急冲冲地问。他心中早就计算好了，现在故意这样问。

"上午我讲过了，大概要二十万左右。"大河回答。

"二十万元，我拿不出，我放弃。"大山说，又是上午那一套。

易中和站起来说："大山，如果是这样，你这条根不是大小问题，而是断了呀！"

众人哈哈大笑。

大山也跟着笑。我们说过，他自小就有小诸葛之称。"是呀！姐夫说不能断根，那我还是留住根吧！我认购百分之五股权，怎么样？"他面对易中和问。

易中和坐下，没有回答他。

"我同大山一样，也认购百分之五股权吧。"大海接着表态，他俩好像先前商量过一样。

大海刚说完，秋菊站起来大声说："我不放弃，我认购六分之一股权。"众人鼓掌。

冬兰什么时候都是跟着姐姐的，她也说认购六分一投权。

易中和跟红梅密语几句后，表态："我们向秋菊冬兰看齐，也认购六分之一股权。"他转身面向大河说："大河，你要兜底了。"

"兜底就兜底，无所谓。"大河爽快地说。

此时，李当正突然站起来，面向主持人红梅说："红梅姐，我想讲两句。"

红梅微笑着说："好呀！"

李当正清清嗓子，不紧不慢地说："我有个小小建议，有三个人认购整幢屋的六分之一，为便于计算和将来办理证件需要，适当进行一些调整，最好是一个整数，比如，是百分之十六或百分之十八。"

大河立即回答："这个建议好，将红梅、冬兰两人认购份额分别都改为百分之十八和十七，秋菊改为百分之二十，我少兜底一些。"

秋菊不等大河说完，插话说："我没这么多钱，我只要百分之十七好了。"

大河笑着说："抛股票嘛！又不是要你一次性交钱。"

众人一致表示：按大河讲的定下来。秋菊默默接受了。

易中和坐在红梅身旁，只见他手肘子踫一踫红梅，红梅醒觉，立刻说话："大家都表态了，就按你们确认的股权确定下来。我多讲一句，日后祖屋建好后，可不许变卦！"

易中和马上插话："搞个协议吧！"他转向李当正："当正，你这个大知识分子、大文人，你起草一份协议，好不好？"

"好吧。"坐在秋菊身旁的李当正应声。于是他离开客厅，开门出去。

此时，会场气氛变轻松了，众人又开始说说笑笑，客厅一片欢声笑语。

李当正在吃中午饭时已拟好协议了。他装模作样走出去，在街上转了一下，马上上楼入屋，走回原先位置，面对红梅问："是不是我宣读一下？因为赶时间，字迹潦草，恐怕别人看不明白。"

"好，你念吧。大家安静听！"红梅点头说。

李当正面对大家，清清嗓子，开始宣读协议条文。

会场鸦雀无声，只有李当正清晰洪亮的声音在大客厅中回荡。

关于投资合作重建祖屋协议书

父母遗留下红坎市沙头角正街三十八号砖瓦平房一间，占地面积约200平方米。因年久失修，长时间没人居住，早已倒塌。现经市规划国土局批复重建。经兄弟姐妹六人协商，达成建房协议如下：

一、投资合作重建祖屋。祖屋重建采用股份制模式执行。各人认购股权如下：

龙红梅认购18%股权；龙大海认购5%股权；龙大河认购35%股权；龙大山认购5%股权；龙秋菊认购20%股权；龙冬兰认购17%股权。

重建祖屋资金按各人所认购的股权比例投入。按工程进度，分次投入。如果不按期投入，或者不投入，则视作主动放弃权利处置。所投入资金存入龙大河开设的基建账户，统一管理和使用。

二、重建后的房屋不分面积到股东个人，而是整体使用和统一经营出租。各股东在任何时候均不得以任何理由私自入住或私下出租。物业管理暂委托龙大河负责，龙大山协助其工作，每半年需向全体股东通报经营管理情况。

三、物业以出租为主。租金收入建立台账，按规定预留维修费用和管理成本后，应按股权比例进行分配。原则上每半年分配一次现金。

四、房屋建成后，必须按重建后各股东所占的股份份额到市有关部门更换房产证、土地使用证等相关证件。各人所占的股份和权益，应受到尊重和法律保护。

五、成立祖屋重建领导小组，总负责人（法人代表）龙大河。龙大山、李当正、梁士元协助其工作，龙冬兰负责出纳和会计工作。所有财务开支实行阳光工程，接受全体股东监督。

六、本协议一式六份，均具有同等法律效力。

公元二〇〇七年九月二日

李当正读完协议条文后，红梅问大家："有什么意见？"

众人齐声说道："没有！"并鼓掌通过。

安静下来后，大河大声宣布："今晚的饭席还是在老地方。今晚我请客！"

客厅又响起一阵掌声。

七、一墙之争

半个月后。

大河乘坐大巴再次回红坎。他原本计划自己开车回去,办事方便。但他儿子及家人反对,说他年纪大了,安全第一。客车抵达红坎时,十一点多,他入住枫叶国际酒店。酒店位于南桥河边,距正街不远,步行也不过二十多分钟,回祖屋方便。考虑以后要经常回红坎,他交了五百元押金,办了一张会员金卡,可享受八折优惠。入住房间后,他马上到酒店附近的建设银行开户,预存了十万元。这样,重建祖屋的一切费用开支,做到有账有目,交代也清楚。这是他作为商人的一贯作风。

下午,他给弟弟大山打电话,约他出来谈谈祖屋重建事宜。大山推托,说有事。

"你都退休了,还有什么事?"大河质疑。

"退休就没事吗?我正在南华广场花圃内同以前工厂的工

友打牌！"大山关了手机。

大河没有办法。于是，他给内弟陈亚太打电话，约他到枫叶国际酒店闲叙闲叙。陈亚太正在海滨宾馆工地检查工作，约好晚上六点在海滨宾馆中餐厅见面。相比之下，大河直摇头，有一种无奈感。他听红坎一些朋友对他说起弟弟大山的一些事。大山常与社会上一些闲散人员打牌仔，谁赢得钱最多谁请客。在街边小食店或小饭店，每人一杯仙泉白酒，划拳，高声叫喊，发牢骚，影响很不好。

陈亚太比龙大河早到中餐厅。他在一角落开了一张小台，边喝茶边等龙大河。他六十出头，皮肤红黑，胡须粗壮，看起来比实际年龄略显苍老，这大概同他的工作有关；但身体壮实，精明能干。他见堂姐夫龙大河在餐厅门口出现，便高举右手示意。待龙大河落座后，他才坐下，并给龙大河斟茶。陈亚太招呼服务员过来点菜。在等待上菜时，他开门见山问大姐夫："你约我出来，有什么事？不会是闲叙吧？"

"大家推举我负责祖屋重建工作，我想让你承接工程。"龙大河也单刀直入。

陈亚太从龙头中学考入红坎市技工学校，同龙大山同班。毕业分配，因家庭成分不好，被分配到粤北山区一个公社农场。他不服从分配，一气之下回乡务农耕田。半年后，他跟村中几位青年结伴到雷州半岛打石。改革开放后，他开始搞建筑成为一名包工头。挖得第一桶金后，他成立粤西北部建筑工程公司，自任董事长兼总经理。这几年，事业蒸蒸日上，在粤西地区颇有名气。

"有空帮你做些质监工作可以。如果要我承包工程，可别找我。"陈亚太微笑着说。"俗话说，近水楼台先得月。你是我大姐夫，你不怕别人说你利益输送吗？"

"身正不怕影子斜。"龙大河回答，"我考虑的是工程质量。你承包工程，我一万个放心。"

"放心不放心，不是你一个人说了算，是你的兄弟姐妹们说了算。"陈亚太正说着，服务员上菜了。"来，吃菜。"

"有工程你都不干？"龙大河注视着陈亚太，不动筷子。

"你的我不干，别人的我干！"陈亚太是一个强硬汉子。他挑一件鸡胸肉给龙大河，缓和一下气氛，又问："还有什么事要我帮忙？"

龙大河深知陈亚太的个性，也顺口说："承建工程的事以后再谈。明天我带你回祖屋看看，帮我把祖屋的残墙拆了，将场地清理干净，我好叫市设计院的人搞设计。怎样？"大河这一说，气氛马上转变。

"这件事可以帮忙。明天不行，三四天后，我让北桥市场工地上的工人去帮你。讲清楚，做工吃饭，你要给工钱，收多少，他们说了算。我让他们去的，不会漫天要价。"

"工厂有急事，我后天就要赶回佛山。明天上午去现场看看，怎么样？"龙大河是个急性子，他想早日开工。

"我真的没时间。不用到现场看了，我让北桥市场工地的第五队长保叔带队，大后天拆除，清理现场。他认识你的祖屋。"

就这样，两个爽快的人，饭还未吃完，事情都谈妥了。

大河回到枫叶国际酒店，马上给大山打电话，约他明早到枫叶国际酒店二楼餐厅饮早茶。大山爽快答应，并说上几句问候语，表现出几分亲热。

第二天早上，大山如约来到枫叶国际酒店二楼餐厅。应了广东一句民谚：有食自然到。大河早泡好茶水等候。饮饮食食间，大河将请陈亚太手下保叔拆除旧屋和清理场地的事说了。因自己急于赶回佛山，让大山明天一早回祖屋监管，如有事协助处理。大山满口答应。茶后，兄弟二人分手，大河赶回佛山。

话说第三天一早，陈亚太手下第五工程队队长保叔带领六名工人，开一部大卡车，到达正街三十八号。保叔察看场地一番后，即时分工：三人清理地面砖头碎瓦、装车；三人上墙顶拆墙，两天内全部清理完毕，离场。说干就干。拆墙的三名工人，借助大卡车，爬上屋顶，脚踏三十六号瓦面，挥动手中大铁锤或铁枝，掀瓦撬砖，稀里哗啦大干起来。瞬时，砖瓦落地，尘土飞扬。此时，三十六号刘洋一家大小七口人正在吃早餐，忽然听到屋顶有人走动的脚步声，紧接着天崩地裂般震动，砖头碎瓦纷纷从天而降，全屋泥尘弥漫。他们还不知道是怎么回事。刘洋和大儿子立即丢下手中碗筷，找来梯子，迅速从天井爬上瓦面。他们大为震惊：是三十八号派人拆墙。刘洋和大儿子立即喝令："你们想干什么？这是我家的墙体！停手！"

"屋主叫我们来拆的！"一名工人先停手，回答。

"他们有什么依据，说这面墙是他们龙家的？"刘洋大儿子身强力壮，夺下那位工人手中大铁锤，质问。眼看二人就要在屋顶上对打起来。

"不许动手！"一名工人喝令。

此时，刘洋妻子也爬上屋顶。她边爬边哭，边哭边骂："天收你们呀！拆人祖屋，没好下场！"于是，她在屋顶放声号啕哭喊："龙家仗势欺人，拆我祖屋，天收雷打，不得好死！大家快来看呀！"她这一叫喊，惊动正街上的街坊邻里，纷纷来围观，窃窃私语，指指点点。

"你人仗狗势，胆敢拆我祖屋，今天我不要这条老命了，跟你拼了！"刘洋妻子当着围观的街坊，突然拥抱身边一位拆墙的工人，就要往下跳。说时迟那时快，另一位拆墙工人眼明手快，一把将她拉拽住，这才避免一场事故。

此情此景，队长无计可施，只好叫拆墙的三名工人下来。他给公司老总陈亚太打电话。得到陈亚太的指示后，他下令："大家收场，回去！"

保叔一队人走到正街，正要上车离去时，龙大山才到。保叔将事情经过对他简单讲了几句，即叫司机开车离去。

拆墙的事，暂告一段落。

龙大山也不进祖屋，生怕遭到刘洋家人臭骂。他旋即给远在佛山的大河打电话："大河哥，祖屋出事了！"

"出了什么事？"龙大河急切地问。

龙大山不紧不慢、加油添醋地说："今天一大早，保叔带人来拆墙，三十六号刘洋一家不许工人拆墙，说墙是他们家的。工人说是屋主叫他们来拆的，拆墙拿工钱，你们无权干涉！于是刘洋一家大小同工人争吵对骂，并动手……"

"什么？双方对打？有没有伤到人？"

"人倒没有伤到，我劝止了。"龙大山表功，"怎样处理？

你是法人代表，赶快回来！"龙大山把责任推给二哥了，似乎祖屋同他毫无关系，安定如常。

"好吧。"龙大河还想说什么，但龙大山已关机了。龙大河只好作罢。他直摇头，感觉这个法人代表不好当。

第二天一大早，龙大河乘坐头班长途快车赶来红坎。他入住枫叶国际酒店后，第一件事约龙大山出来了解事情来龙去脉。听完大山说的情况，大河觉得事态严重。于是，同大山一起，赶紧去海滨宾馆工地找陈亚太，了解他们工人情况。此时已是十二点多。陈亚太请他们兄弟俩到宾馆中餐厅吃午饭，边吃边谈。席间，龙大山说了不少恭维陈亚太的话。原来龙大山与陈亚太是红坎市技工学校同班同学。龙大山竖起右手大拇指说："人不可貌相，海水不可斗量。全班四十二位同学，现在最出色、最有钱的是你陈亚太！大包工头，了不起！"

陈亚太微笑不语。好一会儿，他才不紧不慢地说了一句："我怎能跟你局座相比。"

结账后，陈亚太对龙家两兄弟说："到底是谁家的墙，谁是谁非，只有到现场仔细查勘过后才有结论。这样吧，我同你们一起回正街看看。"于是，他开车搭载龙家兄弟俩去正街。

三人进入祖屋后，陈亚太从屋前走到屋后，又从屋后走回到屋前，来回反复三次。最后挖出一些砌墙石灰砂，放在左手掌上，仔细辨认。他每逢走到墙体与墙体90°犬牙交错部位看得特别仔细。一会儿，他飞身跃上一道矮墙，走上屋顶瓦面，轻轻抽出三片瓦，检查墙体两面灰砂和三十六号梁柱位置。这样查看一番后，他将三片瓦安装回原位，从原路落地。他拍打几下手上尘土,对龙家兄弟俩说:"回去,我们在车上谈。"

陈亚太详细介绍他刚才查勘情况。这面墙体从正街一进延伸到二进,约三十多米长,是一堵十八墙(即一正砖宽加一横砖的墙体厚度,民间称十八墙)。墙西面是你们龙家三十八号,墙东是刘洋家三十六号,两屋共用一墙体。但三十八号的梁、柱在下面,且完全压住墙体。三十六号的梁、柱在三十八号梁柱之上,距离一个砖位的高度,没有完全压住墙体,用一横砖封住梁、柱露口。这样做,一来保护三十六号梁、柱不被风吹雨淋日晒,二来外观也好看,似乎这面墙体就是三十六号房屋的。陈亚太从事建筑已有二十年,仅凭经验,他认为墙体应属三十八号。三十六号房屋是后建,借用了三十八房的墙体。但他知道,仅凭表面观察,还不能下定论,必须上房顶拆除三十六号瓦面,仔细勘察辨识。他是干实际工作的,深知这其中的利害关系,不能贸然下结论。

此时,龙大河用右手拍打一下前额,急冲冲地说:"我想起一件事了。我小时候,父亲曾对我说过,我们同刘家都是龙头区上圩乡人。当年,刘洋的祖父来找我的祖父,说他想在我们祖屋东边盖房,同乡之间有事好互相帮忙。但他的钱不多,希望让他借用我们的东墙。祖父看在乡亲乡里的份儿上,同意他借用我们的东墙。"

龙大山也插话说:"父亲也曾这样对我说过。"

陈亚太听后,平和地对龙家兄弟俩说:"历史可能是这样,但现实不能马上改变历史。这样吧,你们先到刘家探访,说明你们的来意,看看刘家他们的反应怎样。我想,这件事不可能一下子解决。"此时，他的手机响了。"枫叶国际酒店到了，你们下车吧，我接听电话。"接听完电话，他对还站立车外的龙家兄弟俩说："我有急事，要赶去工地处理。你们俩好好商量，看怎么办。千万不能强行拆墙，否则，要出人命大事的。"说完，他飞车而去。

"我们到二楼餐厅吃晚饭，边吃边谈。"龙大河说。二人到达餐厅，开了台。龙大河一边翻阅菜谱一边说："大山，我得讲清楚。我回红坎的一切消费、坐车、住宿、吃饭等等，都是我个人自掏腰包，你不要以为是从祖屋重建经费中开支。"

龙大山轻微一笑，不作声。这是他为人的一贯做法，得了好处，不说话。他先给自己茶杯斟茶，然后再给大河斟茶。此期间，他睨视了二哥一眼，内心想：一两餐饭，对你来说，只不过九牛一毛，算什么。广东话叫湿湿碎，不值一提。

上菜吃饭。席间，龙大河说："大山，明天上午，我们买点礼物去探访刘洋，好不好？街坊邻里，抬头不见低头见。"

"你去乞求他？我不去！"此时龙大山夹了一块白切鸡正往嘴里送，听二哥这么一说，只好停留在嘴边，"他有本事，就同我打官司，看谁赢！"

"打官司也不是一件轻易的事。"龙大河也停止吃饭，"还是以和为贵，和平协商，解决问题为好。"作为商人，大河也打过官司，吃了被告吃原告。诉讼中一些黑暗腐败的事，他也听说过不少。

"你这么一说，我明天就写状纸，上法院告他刘琪。看他刘琪有本事，还是我龙大山有本事！"

龙大山口出此言，也不是没有根据的。刘洋三兄弟没有姐妹，大哥刘琪是本市一名中学校长；弟弟刘放，早年上山下乡，落户高明县，听说现在一个工厂当工人；刘洋排行老二，是市铁木工厂的工人，是唯一留守三十六号的刘家人。刘家房屋瓦面漏雨，后墙倾斜，也不修理，三兄弟谁也不愿出钱维修。大哥和弟弟甚至放声：谁住谁维修，若出钱，我们不要了。

二人沉默，只有嘴嚼食物的响声。吃完晚饭，各自分头散去。

第二天是星期日。九时，龙大河买了一罐奶粉和三斤苹果，登门探访刘洋。没有吃闭门羹，但没人理会他，不说话，也不赶他走，让他在那儿坐冷板凳。半个时辰后，龙大河只好留下礼物，知趣地走出刘家大门。

"大河哥，你把礼物带走。我们吃不起这么贵重的东西。"刘洋在龙大河身后大声说。刘洋孙女赶上龙大河，将礼物塞到龙大河手上。龙大河无可奈何，只有带着礼物返回酒店。

龙大河不死心，下午又去刘洋家，毕竟刘洋喊出一句"大河哥！"人心是肉长的，龙大河坚信这道理。

"大河哥！我知道你的用意。"龙大河还没开口，刘洋先说话了。

"刘洋兄弟，我们做邻居三代人了，平日相处也很好，有事可以商量嘛。"龙大河双手按住刘洋的肩膀，想让他先坐下，然后自己再坐下，这样就有谈话的机会了。但刘洋笔直站立，一动也不动。

"大河哥，我们三兄弟，不是我一个人说得了话的。你走吧！"刘洋说完这番话，扭头向屋后走去。龙大河想追上去，但被刘洋妻子拦住:"你走!你走!"

此时,刘洋母亲七婶也气呼呼地从房间走出来,大叫龙大河离去。

龙大河无可奈何,只得离去。当然,礼物还是让刘洋的孙女塞回到他手上。

龙大河只好带着手上的礼物去探望三奶。三奶也听说拆墙的事了,她安慰龙大河说:"大河呀!慢慢来吧,千万不要强拆,否则打起来,就不好办了。听三奶一句话。"

临离去时,龙大河说:"三奶,我听你的。请你去刘洋家,帮我说几句话。"

第二天早上,龙大河乘坐大巴返佛山。拆墙一事,就这样停止了。

八、经济手段

某天上午十一点钟左右，刘琪校长从市教育局开完会，回到学校校长办公室。刚进门，办公桌上的电话就响了起来。他急忙放下手上的公文包，拿起电话："喂！哪一位？"

"是我，市人民法院的黄河清。刘校长，你连学生的声音都听不出来呀？哈哈……"电话那头清晰地报出尊姓大名。

"听出，听出……"刘校长连说几个"听出"，"黄法官，有什么事吗？"他不敢直呼自己学生的名字。

"刘校长，你惹上官司啦！"学生直言不讳。

"我有官司！什么官司？"刘校长不敢相信自己的耳朵。哪来的官司？同事相告？家长不满告状？他一时想不起来。

"有人告你侵权。"黄法官直接点出罪名。"告你的人不是一般老百姓。据我了解，他是一名区局长，而且家庭有一定的背景。"已经讲到这地步了，不用多讲，刘校长已明白事情的性质和严重性了。

"怎么办？"刘校长请教学生。

"电话里不便多说，有时间，见面再讲吧。"黄法官放下电话。

这一天，刘校长心慌意乱，无心处理校务。经过大半天苦苦思索，他突然想到：大弟刘洋曾经给他打过电话，说祖屋西墙可能会被龙家拆除，刘洋同他们对抗。可能就是这件事！于是，他晚饭也不吃，立刻赶回正街三十六号。

刘洋见大哥刘琪回来，十分高兴。刘琪是他们三兄弟中最有出息的，大学毕业，现在又当了校长。光宗耀祖呀！听说刘琪回来，母亲、弟媳、侄子侄女，一家老小都拥到小小的客厅来。只有母亲落座在刘琪身旁，其他人都不敢坐，站在那里，动也不动。

"到底发生了什么事？"刘琪先发声，问弟弟。

"龙家欺负我们！"刘洋大声说，"你看！"他手指屋顶上的瓦面，"瓦面踩踏坏不少，西墙几乎被拆，要不是我们上去同他们争斗。"天黑了，他生怕大哥刘琪看不清楚，急忙回房间拿出手电筒。他打着手电筒，直射瓦面，说："你看！"电筒光线在房顶上不停地摇曳着，隐约看见天上点点星光在闪耀。

刘琪不用多看，心里已明白发生什么事情了，但他还是多问一句："龙家为什么要拆墙？他们说过这面墙归属谁家吗？"刘琪是读书之人，又当了校长，算是在政府机关里混的人，这件事谁有理谁没理，他心中有数儿了。

"龙家要重建祖屋！"刘洋高声地回答，"他们重建祖屋关我们屁事!"

"沙头角片区,成万人,小学没一间,医疗站没一个,环境卫生脏乱差。我早对你说过多少次,叫你把这破烂房屋卖了,到市区去买套商品房。对妈妈出入看病、对子孙入学读书都方便。你就不听,说什么有感情。"刘琪有些激动,但他望望母亲,立刻平静下来,"刘洋呀!你我都听父亲讲过,龙家先来正街建屋居住,我们是后来者。他们好心,才让我们借墙建屋。"

刘家同龙家祖籍同是隔海相望的龙头区上圩乡人。刘琪祖父刘心田初到红坎市,以做叮当糖谋生。刘心田胸前吊着一个星铁托盘,托盘里码着一条条像大麻绳般的糖条,上面用一白布遮盖住。左肩吊挂着一木马架子。左手食指和拇指之间吊着一把约二寸宽五寸长的凿刀。右手拿着一个小铁锤,边走边敲凿刀,不停敲打,发出有节奏的叮当声,清脆悦耳,特别好听,简直就是这座城市的一首协奏曲。从早到晚,在北桥市场及附近街区叫卖,人称"叮当佬"。因长期在北桥市场内叫卖,认识了在市场内做杂货生意的同乡龙祖堂。有了些积蓄后,刘心田在连贯北桥市场的民主大道,租铺做炒米饼等糕点食品出卖。他节衣缩食,手头上有了一定的积蓄后,想建房,永久安稳落脚在红坎市。于是,他去找同乡龙祖堂商量:他想在龙祖堂屋东侧建房,乡里乡亲互相好照应。因他财力不够,希望龙祖堂借东墙给他利用,两屋共用一堵墙。龙祖堂在同行里人称"和善佬"。龙祖堂见刘心田为人老实勤奋,又是同乡,便点头应允。自此,龙刘两户三代人相互照应,和睦相处,从未发生过争吵。

想到这里,刘琪紧挨母亲身旁,右手拍打着母亲瘦削的肩膀说:"妈妈注意保重身体。"他又转脸对刘洋说:"隔壁三十八号有什么事,给我打电话。"说到这里,他从口袋摸出三百元塞在母亲粗糙的手上,"晚上学校有会议,我要赶回去了。"刘琪双手按着母亲的双肩,不让她站起来,"妈妈,你不要起来,我走了。"说完,他便快步走出祖屋大门,向正街走去。

回祖屋后的第二天晚上,刘琪去探望自己的学生黄河清法官。黄法官开门见到自己的中学老师,便紧紧抓住老师的双手,嘴里不停地说:"刘校长,您怎么上门来呀!您有什么事给学生打个电话,我黄河清马上赶过去。"

"老师来看望自己的学生也是应该的。"刘琪十分得体地说。他边说边脱鞋,他知道政府官员家中的规矩。

"刘校长,您不要脱鞋,不要脱鞋。"黄法官劝阻道。但刘校长的鞋子早已脱掉,换上一双红绒布拖鞋了。

在黄法官引导下,刘校长坐到客厅正中大皮沙发椅上。此时,黄法官的夫人递上一杯普洱茶,亲切地说:"请刘校长用茶。"

刘、黄两人寒暄几句后,刘校长恐有客来访,便切入正题,表明来意:"前天,你给我打电话,说龙家告我侵权一事,你可否告诉我详细一些。"刘校长心里明白,在法官面前,即便是自己学生,也不能表露直白。这是教养,也是常识。

"案件是这样的……"黄法官侧身向着自己的老师,不紧不慢地将龙大山如何到法院递交起诉书,起诉内容,索求等等,简单扼要地说了一下。之后他马上转换口气说:"因为这件案子牵涉您刘校长,我作为您的学生受理这件案子,所以十分小心谨慎。前些日子,我派人到现场实地勘查,结果对您刘家不利。"

说到这里，黄法官借饮茶之机，睨视一眼刘校长，观察他的神情和反应。刘校长略震抖一下身躯，又立刻平静下来，显示出老于世故。

黄法官继续说："因为事关您刘校长，所以，我还未下达受理通知书。"

两人沉默。

黄法官夫人适时过来给他们斟茶。

还是刘校长打破沉默，问："龙家谁是主诉？"

"来法院递交起诉书的是龙大山，但法人代表龙大河和其他人都没有到过法院。至今，也没有听到他们有什么强烈反应。听接访的同志说，龙大山曾两次打电话到法院查问案件受理事宜。"黄法官如实相告，这些都不涉及办案，说了也无妨。

此时，黄家门铃响了。黄法官夫人去开门，进来两人。刘校长瞄了来人一眼，心里判断这两人十之八九是公司大老板。借此机会，刘校长知趣，便起身告辞。黄法官也不挽留，但他嘴上连说："刘校长有什么事，您给学生打个电话，我会马上过去的。"

"刘校长慢走。拜拜！"黄法官夫人也出来相送，并同丈夫一起一直送刘校长进入电梯。

话分两头讲。

祖屋停止拆墙的第三天，龙大山起草了状告刘琪侵权的法律文书，反复修改，誊写清楚。第四天，他去市人民法院呈递，并填写来访登记表，等候接见，详细申述。

"你就是龙大河？"法院一位接访的女工作人员问龙大山。

例行公事。

"不是，我叫龙大山。"龙大山如实回答。

"那你为什么将主诉人填写龙大河呢？"

"龙大河是我家祖屋的法人代表。"

"你能不能告诉我龙大河的联系电话和通讯地址？"

"可以。"于是，龙大山将龙大河的手机号码、家庭电话及地址一一告诉女工作人员。女工作人员记录在案。

紧接着，女工作人员又问了他一些起诉内容、当事人等等情况。因为龙大山不是主诉人，女工作人员想进一步核实情况。最后，她对龙大山说："你先回去。我们是否受理，是否开庭审理，等等，我们会用电话同当事人及你联系。"

上诉法院一事，龙大河一点儿都不知道。

半个月后的某天，也就是刘琪校长接到黄河清法官电话的第二天，龙大山接到了法院黄河清法官的电话。龙大山略显高兴，并有些激动，"我就是，我就是龙大山。黄法官有什么指示，请讲。"

"不是指示。"黄河清说。"法院领导经研究决定，将你这件案子交由我来审理。也就是，我是主审法官！我去书记处查问过了，你是面递起诉书的，并接受过我们的接见。是吗？"

"是，是，是。"龙大山连说几个"是"。

"好吧，我现在正式通知你。"黄河清法官点题了，"我们准备受理你这件案件。"电话挂断。

接到法院黄法官的电话后，龙大山思考约有半个小时。他决定将状告刘琪侵权一事通知大姐和大哥。一来，请大姐、大哥出面做红坎市有关方面工作，给予影响力。二来，也让大姐大哥知道,对祖屋重建工作,他大山下了苦力,起到重要作用,为今后无偿增加自己的股权提供筹码。

龙大山给龙红梅大姐打电话,先问候大姐大姐夫安好,说说最近天气如何如何,要注意保重身体等等,嘘寒问暖,关心备至。约二十分钟后才切入正题,"二十多天前,我同工程队的工人去清理祖屋场地和拆东墙,遇到三十六号刘洋一家无理干扰和闹事。为息事宁人,我只好同工人一起撤离现场。刘洋一家这样做,明显是要霸占我们祖屋东墙,这是一起侵权行为。思前想后,为了龙家合法权益得到保证,我已正式向红坎市人民法院起诉刘琪一家。现在,红坎市人民法院已正式受理此案。大姐,您有时间,请过问这件事,并给红坎市老领导打个电话,也请他们过问一下。……"足足谈了一个多小时,才肯放下手中的电话。

"谁的电话?说那么长时间!"易中和从房间走到客厅,问。

"大山!"红梅带有几分不高兴地回答,"只有他才有这么好的口才。"

"他说什么?"

"说什么?还不是祖屋的事。他同工人去拆墙,刘洋全家出来阻拦,大山已将刘琪告上红坎市人民法院。他让我们过问这件事,并给红坎市老领导打电话,过问过问……"

红梅还未说完,易中和马上反对:"不要理会他!干扰司法办案,我们不能干这种事!"易中和越说越激动。他突然转口,问:"十几天前,大河不是来说过拆墙的事吗?怎么没听他谈及起诉的事呢?"

"我估计大河也不知道。"红梅问："要不要让大河来一趟，问问他？"

"叫他来！"

却说龙大山给姐姐红梅打完电话，接着又给北京的大哥大海打电话。如此这般，将对红梅说的话再复述一遍，"大哥！你是在北京工作的官员，说话有影响力。你有时间，就给红坎市的领导写封信，请他们过问过问这件案子。"

龙大海听完电话，略加思索一会儿，遂作出决定：给红坎市人大黄副主任写信。他同这位黄副主任一起开过三次会，每次会下也交谈三几分钟，算认识，但不深交。龙大海昏头昏脑作出这样的决定，也同他的私心有关。平日，大姐和弟妹们都说他不关心祖屋的事，不热心。好！我这次就表现表现给你们看。我是有能耐的！写信是最简单不过的事，不费力气，不花钱。何乐而不为呢？第二天上班，他给红坎市人大黄副主任写信，并挂号寄出。

一星期后，红坎市人大黄副主任收到一封信，打开，一目十行快速浏览一遍，也没细看，最后才认真看了一下来信落款人。龙大海，认识，是本地在京工作的官员，三四年前已退休，现在好像被原单位返聘协助整理资料。他再看看信封，是挂号信。最后，他将信压在文件筐最底层，表示有机会打听一下，忘记就算了，此等信件多的是，每天不下三四封，早已习以为常，见怪不怪。

龙大河如约同大姐红梅和姐夫易中和见面后的第二天，又赶回红坎市。在长途大巴上，他一直思考如何妥善解决同三十六号共墙一事。

龙大河入住枫叶国际酒店后，第一件事就是打电话给内弟陈亚太，"亚太，我又回红坎啦。我想马上同你见面，有时间吗？"

陈亚太最近投标一项市政工程，还没开标，正闲着，"好吧！我马上去酒店，几号房？"

龙大河是个急性子，见到陈亚太第一句话："你来帮帮我。"

"帮你建屋？"陈亚太笑吟吟地问。他坐下后，龙大河给他递上一杯红茶。龙大河对陈亚太诉苦说："如果请你建屋就好了。现在墙拆不了，大山将刘琪告上法庭，法庭未判决。我这个法人代表不知怎样当。"

"你的想法？"陈亚太问。

龙大河快人快语："我的想法？很简单，用经济手段，收购三十六号！这样，两家相安无事，和平共处。"他专注地望着陈亚太，问："你讲，我这个想法能不能实现？"

陈亚太笑而不答。

"你讲嘛，卖什么关子。"

陈亚太沉思好大一会儿，这才不紧不慢地说："我同你一道都是搞经济的，按照我们经济人的思维和做法，就是运用经济手段解决经济问题。"他略作停顿，提高声音说："就是政治问题，按照我的观点，也可运用经济手段解决。"说到这里，他侧转身对着龙大河，压低声音说："不瞒你，我搞建筑二十年，有多少次投标中标，不都是运用经济手段。"说到这里，他不再往下说了。听者明白。他连喝几口茶水，像喉咙里有食物被卡住一样。正是：一行有一行的难处和苦楚。有多少人肯吐真情！

龙大河对陈亚太的话，心照不宣。

两人都沉默好大一会儿。

陈亚太打破沉默说："我支持你收购三十六号！我用一个建筑人的观点跟你分析，为什么要收购。"于是，陈亚太详细地分析拆墙和收购的几个原因和结果。

从房屋结构和建造历史来说，这一堵墙肯定是三十八号的。但你祖父当年同意或者默许三十六号借墙建屋，遗留下历史问题，这是你们必须要面对的事实。你现在要拆墙重建祖屋，首先要经三十六号同意。在这个前提下，你们要为他建一个新墙。这样一来，三十六号房屋的面积就少了许多，要不要赔偿？这些都要花费一笔开支。这是首先要考虑的问题。第二个问题要考虑：经过这样一番争斗和折腾后，你们龙家同刘家是修好如初，或者反目成仇？谁也不能判断。万事以和为贵！第三个问题：据我目测，你们祖屋东西宽五米多点儿，不到六米。南北长也就三十几米，地皮面积大约一百八十到二百平方米。作为建民房，这也不错了。但你们祖屋面积狭长，建成房屋后，房内见光不到五米，留有走廊过道后，房间宽度三米多点，狭窄，不理想。如果收购三十六号后，东西宽十一米多，而且它的深度大约三十六七米，比你祖屋长四米多。二屋平整后，地面面积大约有四百五六十平方米。设计时，可在正街一面留有一百多到二百平方米空旷地，做花坛，或做停车场，门面做商铺。这样一来，不说使用价值，仅房屋价值翻倍上升。单门独户小洋楼，不是一般商品房可比的！我们广东有句民谚：有钱难买隔离屋。

我的观点，只要刘家愿意卖，无论他们开出什么价钱，即使比市面价高出很多，也要想办法把它买下来！

听陈亚太这样分析，龙大河兴奋异常，立刻站起来，拉着陈亚太的手就往房外走，边走边说："走！我们到餐厅吃饭去。"

九、如愿以偿

　　吃过晚饭后,龙大河搭乘陈亚太的顺风车,去正街探望三奶。三奶正同街坊在井头榕树下纳凉。在微弱的街灯下,三奶早早就看见龙大河正向她走来。她摇着大葵扇站起来,笑吟吟地说:"你有心来看三奶,三奶心里就高兴了,还买礼物来,太破费了。"三奶接过龙大河手上的礼物,领他回到屋内。

　　三奶把自己手上的大葵扇递给龙大河,自己拿过一把小纸扇,二人坐下,边谈边自扇。三奶先开口说:"你走后,我先后去过刘洋家三次。第一次,我还没开口,刘洋妈七婶就向我告你们龙家的状,说你们毁墙拆屋,伤天害理。我不好说什么,只能安慰她几句。邻里之间和为贵。第二次,刘家一家人好像平和了许多。七婶说,龙家要拆墙就让他们拆去,保证我三十六号安全就可以了。听说是刘家老大刘琪回家了。第三次,我人还未入刘家大门,刘洋看见我,将我拉到你们祖屋空旷地,低声说，龙家想买三十六号，就卖给他们，只要价钱合理。他们也不想在正街居住了，这块地风水不好，环境也不好，几十年刘家也发不大。"

听到这里，龙大河心里十分高兴，但他保持平静，泰然自若。离开井头三奶家时，他紧紧握着三奶的双手连说："谢谢您！谢谢您！"

第二天，龙大河简单吃过早餐后，到百佳超市商场，买了百多元的礼物，步行回正街，去探望刘洋妈七婶。他进入三十六号，直走到客厅，才见到刘洋一家大小正围坐在餐桌前吃早餐。餐桌上摆放着一碟盐焗剥皮小鱼。这种小剥皮鱼在大树头小商店有卖，每斤二角钱，是正街老百姓一日三餐的海产品。龙大河一家在红坎生活时也经常吃。餐桌上还摆放有一碟咸萝卜干，没有炒，用清水冲洗干净，一条撕成三四段，吃起来咔嚓咔嚓作响。一家人自得其乐地吃着，没人招呼龙大河。龙大河很知趣，他把手上的礼物放到客厅左侧的灶头上，然后找一张小板凳坐下，也不开口说话。

客厅安静祥和，只听到人们喝粥的咕嘟声，牙嚼萝卜干儿的咔嚓声。刘洋第一个放下手中的碗筷，右手掌抹抹两边嘴角，转身问龙大河："你有什么事嘛？"

龙大河站起来微笑一下，说："没什么重要的事，我回祖屋看看，顺便过来探望七婶。"

"我妈很好，谢谢你。我上中午班，马上回厂。你同我走吧！"刘洋说完推上单车，独自出门去。龙大河默默地跟着刘洋，离开刘家。这一次，没人再将礼物塞还到他手上，气氛明显好转。

回到枫叶国际酒店,龙大河给弟弟龙大山打电话,约他下午来酒店。

下午三点多,龙大山如约来到酒店。他人未坐下,便喜形于色地对大哥说:"大河哥,我告诉你,我到市法院状告刘家侵权了。"

"事前你怎么不跟我商量?"龙大河责问。实际上,大姐龙红梅约他到家里商谈就是这件事,并叫他赶回红坎市详细了解事态,想不到龙大山却先开口了。

"我现在不就是告诉你吗?"龙大山坐到窗口下大沙发椅上,自斟自饮起来。龙大河正收拾衣物。龙大山继续振振有词:"平日,你们大家都说我不关心、不过问祖屋的事,现在我过问了,你反过来指责我。"此时,他显得有些激动,便站起来,"我告刘家侵权,是维护我们龙家权益!我问你,我有什么不对?我只有告倒刘家,我们龙家跟刘家的矛盾才能真正解决。我不仅没有错,我有功!将来你们应多分一份股权给我!"

龙大山这最后一句激怒了龙大河。他走到弟弟面前,责问:"大山,这样的话,你说得出口?"

龙大山沉默了,他内心责怪自己:有这个心,也不应有这个口。没有修炼到家,没出息。

"你告诉大哥了吗?"龙大河问。

"告诉了。"龙大山很坦然地回答。

"大哥怎么说?"

"大哥很支持我的做法。"龙大山依然故我。"他还给红坎市人大黄副主任写了信。"

"写信内容？"

"无非就是请黄副主任过问过问，如此这般，还能写什么。你不当官，你不知道官场的潜规则。"龙大山说这话时，显得几分神气。

龙大河站起来，严厉申斥道："你们这种行为，是干扰办案！大姐大姐夫让我回来，就是了解这件事。"他停止说话，沉思了几分钟说："你撤诉吧！"

龙大山不甘示弱，说："要撤你就去撤！我不去。你是主诉人，我什么也不是。"

"你说什么？再说一遍！"

"你是主诉人！我不是。"

龙大河情绪激动，指着龙大山的鼻子，气愤地责骂："大山呀大山，这种事你都干得出！你去告状，不写你的大名，却写上我的名字。事前又不同我商量，不打招呼，擅作主张。"说到这里，龙大河冷静下来，几分钟后才继续说："既然这样，我去撤诉！"

兄弟二人长时间相对无言。客房内非常平静。

大约半小时后，龙大山看看手表，问："快六点了，晚饭怎样安排？"龙大山的小聪明就在于他善变，多心计。他不说请大哥吃晚饭。

"我还有事要办，贵客自理！"龙大河气鼓鼓地回答。

龙大山站起来前，还不忘把杯中的普洱茶一饮而尽。好东西，不能浪费。他快步走向房门口，临离开客房前，不忘补充一句："有事给我打电话。"

晚上，龙大河哪里也不去，关在客房内，平静自己的情绪，并梳理今后几天的安排和行程。他毕竟是一位生意场上的人，不允许自己有安闲的日子。

晚上九点多钟，他给陈亚太打电话："明天，你能不能借一部小车给我用？"电话那头，陈亚太哈哈大笑说，"大老板问我借车，弄错了吧？"

"我明天有急事，什么车都可以，能发动就成。"

陈亚太爽快答应。他公司有五部小车，区区小事。

翌日，龙大河开着从陈亚太公司借来的小车，跨过南桥，进入红坎老市区。在中山路与民主大道交叉拐角处，一幢二层高的小洋楼仿佛是路牌。这幢小洋楼，解放前和解放后相当长一段时期，都是红坎市邮电局所在地。龙大河小时候给大姐龙红梅寄信，就是在这里投放邮寄。右拐，过了小洋楼就进入民主大道。以前，这条街是青石砖铺路，过往行人大多都穿木屐，发出"笃笃"的响声，清脆悦耳，仿佛是这座城市的一首协奏曲。小车到了街边一口水井旁，龙大河停车。水井边上有一间店铺，就是当年"金城"金铺。"水为财帛"，也许就是"金城"金铺开设在这里的原因。龙大河曾听母亲说，他出生满月时，爸爸套在他脖子上的银锁链就是在"金城"金铺买的。继续前行，从旧工商联会馆大楼前右拐向南，穿过和平、民权、民生三条马路，就到了福建河桥。抗日战争爆发后，大批广州及上六府人群纷纷南逃，落脚法租界广州湾。他们带来了金钱、知识和人才。他们秉承孙中山先生的思想，先后开辟民主、民权、民生、和平四条平行走向的马路。近年市政府已将这片城区开辟成历史风情街区,成为旅游景点,专门买卖古董文物字画。龙大河停车下来,走到福建河桥上。听老人说,这里原先是一座木桥,仅容两人穿行通过。法国人来了,为了控制福建村一带中国人的反抗,便拆了木桥,改建成能通行马车的水泥钢筋桥。国家改革开放后,为促进沙头角片区经济发展,方便当地居民进出市区,改造扩宽旧桥,建成现在这样双向通行两车的大桥。桥变了,福建河及两岸的景物也变了。福建河经过多次疏理整治,两岸杨柳依依,竹林掩映,新楼幢幢。福建河流经市区一段,先后兴建了四座新桥。桥下,河水清澈见底,鱼虾畅游。福建河桥上游不远处,三五个小孩正在戏水,欢笑声不绝于耳。龙大河很羡慕他们。他小时候也曾在河里嬉戏过。俱往矣,现在这些都不属于他了!他上车,开车跨过福建河桥,进入沙头角片区。沙头角的脊柱骨就是正街,横街窄巷则是她的肋骨。正街还是那条正街,灰脸土气,身材修长。时来运转,沙头角也在悄悄变化中。映入眼帘的就是玻璃厂旧址上空,两座高高塔吊正不停左右运转。两幢高层商品住宅楼正在兴建中,它们高高地傲视着整个沙头角。南面,一条与正街平衡走向的现代化大马路已修筑完工,但还未通行,在保养中。龙大河不能开车上去,于是,他掉转车头,返回正街玻璃厂旧址的马路边停下。五年前,因为污染环境和技术改造的原因,玻璃厂搬迁到远郊去了。现在,旧厂房拆除,改造为居民住宅小区。这是正街目前最具生气的地方,也是居民议论最多的话题。

龙大河正在观察周围环境时,一位年轻的女售楼员主动上前,同龙大河热情打招呼:"老板,买房吗?春景花园是沙头角片区最具升值潜力的楼盘。走过，路过，不要错过！"

"多少钱一平方米？"龙大河顺口问。

年轻女售楼员早就注意到龙大河是从一辆雅阁牌黑色小轿车走下来的，应是一位大老板。年轻女售货员见龙大河有兴趣，马上双手递上自己的名片，用很甜美的声音说："我给你推荐，要买就买一号楼，坐北朝南，面临正街，出入方便，价钱也不算贵。每平方米仅售二千三百八十元。怎么样？"

龙大河仰头观望一号楼，问："有没有折头？"

女售楼员马上上前两步，用身体紧贴龙大河，低声说："老板买，我给你九五折。别人来都没有这个优惠价。"

"再低一点。"

女售楼员贴得更紧了，声音更甜了，说："我带你去见经理，让他给你打个九折。你请我饮茶就成了。"

"我考虑考虑。"龙大河笑着回答。他心里想，你吃水也太深了，这是卖楼，不是卖大白菜，能一下子打九折？

"考虑什么，你就支持我嘛，人家好……"女售楼员用嫩白的手去拉扯龙大河。

"我回去同家人商量商量，改天再来找你。"龙大河边说边快速挪动脚步，摆脱女售楼员。他走出几步后，又补充一句："附近还有什么楼盘？"

女售楼员见龙大河有回头的希望，于是，指着福建河桥头方向说："桥头附近有个新开工楼盘，不知何年能建成。"

至此，龙大河对沙头角发展现状已有七八分了解了。为了获取更多有关资讯，他开车直接去找三奶。别看三奶是普通居民，可她是沙头角地保,许多大大小小的事情都知道。

　　三奶去东山走亲戚了,只有三奶的儿子韩朝在家。两人都相熟,没有多少寒暄,大河就让韩朝带他到正街及附近游逛,了解有多少户人家搬离正街;想卖房屋的又有多少户,价钱如何,等等信息。走到三十六号时,他还让韩朝入屋问刘洋,要了刘琪的家庭地址及电话。刘洋问韩朝为什么要他哥哥的电话。韩朝很机灵,回答说:"我有个亲戚的儿子想入读刘校长的学校。"

　　到了十二点多,龙大河同韩朝到北桥市场附近一间饭店吃午饭。吃完午饭,他送韩朝回家,这才开车回枫叶国际酒店休息。

　　晚上,龙大河去探访刘琪校长。他按图索骥,很轻易找到刘校长的家。他按门铃后,房门打开,是刘校长。龙大河马上亲切的叫声:"刘校长!我是大河。"刘校长犹豫了一会儿,才打开安全铁门,让龙大河入屋。

　　两人坐下后,沉默好大一会儿,谁也不想先开口,也不知怎样开口,场面非常僵。龙大河毕竟见多识广,善于处理这种令人不快的场面。他先开口说:"我们多年不见面了,我今天是来探望刘校长,向您问个好。"

　　刘琪心中怨气未消,口中冲出一句:"不是问个好这么简单吧!"

　　龙大河微微一笑,心想:只要开口,就有话讲了。于是,他平静地说:"我们两家都是几代邻居了。俗话讲,抬头不见低头见。我今天专程从佛山来探望刘校长,是想听听您对处理我们两家一些矛盾的意见。"龙大河讲话有分寸、得体。

　　刘琪为人师表,知书识礼。他被龙大河一句"专程从佛山来"

所打动，便接过龙大河的话说："正如你所讲，几十年我们两家都和睦相处，互相帮助。最近发生的矛盾，本来是可以协商解决的，但你们龙家到市法院告我们刘家侵权，令人心寒，更令人气愤。何来侵权之说？"说到这里，刘校长显得激动，"尤其你家龙大山！"

龙大河马上用右手亲切地拍打几下刘校长的左手背，说："刘校长，您听我解释一下。"于是，他将龙大山未同家人商量，一个人擅自去市法院告状一事，简单说了一下。"我大姐红梅获悉此事后，叫我专程回红坎妥善处理。现在龙家推举我为龙家祖屋的法人代表，全权处理龙家祖屋的事项。我今晚专程来同您商量，如何化解我们两家之间矛盾。"

刘校长是知书达理的人，明白龙大河今晚的来意，也被他的真诚所感动。但结怨已成，想一下子化解是不容易的。刘校长留有余地，说："要化解矛盾，你首先去市法院撤诉。其他问题，以后我们再谈。"停顿一会儿，他又说："明天我有一堂公开教学课，今晚我要备课。我们就谈到这里吧。"

龙大河要的就是刘校长这句话，他的目的已初步达到。于是，他站起身，同刘校长握手话别。

第二天上午，龙大河到市人民法院撤诉。他人未回到枫叶国际酒店，刘琪校长已获悉此事了。、

回到酒店房内，龙大河将撤诉一事告知弟弟大山。大山不反对，只说了一句："祖屋的事，你以后就一管到底，与我毫无关系。"龙大河也不理会他，收拾行李赶回佛山。

且说龙大河回到佛山后一星期，接到韩朝的电话："刘洋

已放出口风，他们要卖屋了。你想买，就赶紧回来。"

接到韩朝的电话，龙大河非常兴奋。安排好厂里工作。翌日，收拾行李，自己开车赶回红坎市。

龙大河办理好入住枫叶国际酒店手续后，即到对面百佳超市买了百多元礼物，兴冲冲地赶到正街三十六号。刘洋刚好下班回到家，正在吃饭。

"这么早吃午饭啦？"龙大河将礼物放到灶台上，顺口问一句，表示亲热。

"我上下半夜夜班，刚刚回来。"刘洋顺手拉过一张四方木凳，让龙大河坐，"七婶去北桥市场买菜，未回来。你有事吗？"

"我听说你们想卖屋，顺便来问一问。"龙大河压低声音，试探地问，但他双眼一直留意刘洋脸部表情的变化。

"是有这个考虑。"刘洋平淡地回答。他已吃饱了，简单地收拾一下台面，拿来竹编的大锅盖罩住。然后，面对龙大河说："大河哥，你是个好人。十天前，刘琪哥回家，说你去法院撤诉了。"

"我们两家做邻居三代人，几十年了，大家都相处得很好。告什么呀，有什么好告的！"龙大河接过刘洋的话说。

"你龙家中那位就不是这样！我跟你讲，你来我家，我让你入屋。大山来，我绝对不让他跨入门口半步！不信，你叫他来！"刘洋心中怨气未消。

龙大河站起来，上前两步，拍打着刘洋的肩膀说："过去的事就不要讲了。我想问你，你要多少钱才肯卖？"龙大河适时转换话题。

"十八万。"刘洋伸出双手掌，张开十指，做了一个十八万的手势。"少一分钱也不卖！这是大前天我们家庭会议决定的。"

听刘洋的报价，龙大河认为贵了一些。根据他掌握的信息，就正街目前市场价格，十四五万比较合理。他准备开口还价，但一想到刘洋最后一句话：少一分钱也不卖！也就打消还价的念头了。况且，他是抱着志在必得的思想而来的，又何必在乎三几万元？

"有人来看过房屋吗？"龙大河试探地问。

"有两个人先后来过，但都不表态。"刘洋是位老实人，心中没有保密的观念。

"卖给我怎样？"龙大河终于表明来意了。

"可以。刘琪大哥讲，如果你有意买就卖给你，但价钱不能少。"原来，在刘家开家庭会议时，刘琪跟家人分析了卖屋原因：虽然龙大河撤诉了，但房屋西墙始终是个矛盾。如果卖给其他人，肯定会提出西墙的归属问题。我们怎样解释？只有卖给龙家，矛盾才能解决，一了百了。这些情况，刘洋绝对不会对龙大河说的，内外有别嘛。

时机已成熟。于是，龙大河站起来，认真地对刘洋说："好！我买了！什么时候去办手续？"

刘洋也站起来说："七天内。你要买，你就先交订金。"

"多少订金？"

"三万，一分不少。"刘洋伸出三个手指。

龙大河有备而来。作为商人，这些买卖流程他驾轻就熟。于是，他从黑皮包里拿出三沓红色的人民币，顺手交到刘洋的大手上。"三万元整，你写张收据给我。"

刘洋将钱放在吃饭台上，准备入房找纸和笔。龙大河对他说："你不用找了，我这里有。"说罢，将纸和笔放在吃饭台上。

刘洋先拿过纸，平铺在吃饭台上，用右手抹几下，再拿起签字钢笔，粗糙的右手颤抖着。他双目久久地凝视着吃饭台上的纸张，始终不下笔书写，一种莫名其妙的痛苦涌上心头。他突然放下手上的钢笔，扭头问龙大河："不写收据成不成？"

龙大河看到他这种神态，内心产生一种同情感，但他是一位商人，商业行为有商业行为的准则。他只好低沉、平和地对刘洋说："你不写收据，我有什么凭证？慢慢写吧，我等着。"

好大一会儿，刘洋再一次拿起钢笔。但他很快又放下手上的钢笔。拿起，放下；又拿起，又放下。如此反复三四次。最后，他才咬着厚嘴唇，颤抖着双手，用粗大的笔画，一笔一画，工工整整，非常认真地写完收据。毕竟，这是祖父辛苦大半辈子创造的物业，就这么一瞬间，让他卖掉了，内心十分难受，十分痛楚，十分煎熬，有一种说不出的罪过感，眼睛湿润湿润的。他反复看了三遍，才将收据交给龙大河。此刻，他深深地呼了一大口气，仿佛完成了一件十分艰巨而又痛苦的工作。

龙大河拿过刘洋写的收据，认真细看一遍，然后放入黑色皮包内，转身就想走。刘洋把他叫住："大河哥，慢一步，我还未数钱呢！"

"好！"龙大河收回脚步，站在刘洋身旁，耐心地看着刘洋粗糙的双手，不时舔着口水，一张一张点数。最后，龙大河问他:"够吗?"

"一张不少,一张也不多。"刘洋抬头回答。

龙大河满心喜悦,离开三十六号。他走在正街上,感觉到头顶的太阳特别圆,特别光亮,空气特别清新,正街特别干净、整洁,街上的行人也特别亲切和友善。他真想大喊一句:正街真好!

十、无形的墙

龙大河回到佛山，即赶到大姐红梅家。他简单扼要地向姐姐和姐夫通报此行的结果。

龙红梅听后很高兴，笑盈盈地对龙大河说："化解矛盾比什么都重要。你收购三十六号也是一件好事，免除了后患。这样吧，我们就不参与收购了。"她侧转脸望向丈夫易中和。易中和点点头，表示同意。易中和性格外强内柔，尤其在处理家庭事务中往往听从夫人的。最后，红梅说了这么一句："我们只要祖屋那一份，留作纪念。"

龙大河带着几分惋惜的心情离开姐姐红梅家。他的价值观不被姐姐和姐夫认同。他们对他收购三十六号的行为仅仅看作化解矛盾，而看不到真实的价值。这也难怪，他们是从政的，而自己是从商的。最后，他用一句"观念不同价值观也不同"，自我安慰。回到家后，他分别给远在北京的龙大海、广州的龙冬兰、深圳的龙秋菊打电话,把他回红坎处理龙刘两家矛盾和收购三十六号的经过作了较为详细的通报。他真诚希望得到他们的认可和支持。两位妹妹听后十分高兴,称赞说他眼光独到,有远见,并表示一定参与收购三十六号。这对他是很大的安慰。唯独大哥龙大海,与众不同。他听龙大河的陈述后,沉默好一会,才慢条斯理地说:"我远在北京,不可能飞回红坎,一年住那么三几天,是吧?我的两个子女本来就反对我参与重建祖屋的。我对他们说,你们不理解老人的心情,我的根在正街三十八号呀!最后,他们说,你要留根,就占个百分之几好了。他们说的有一定道理。大河,你看这样好吗,收购三十六号我就不参加了。祖屋重建嘛,我占个百分之五的股权,这就有个交代了。"说到这里,他再不往下说了。三几分钟后,他把电话挂断了。

听完大哥大海这一番表述,龙大河心里不是滋味,有几分无奈。俗话说,父母不在,长子为父,但他这位大哥,往往以自己身在遥远的北京为由,从未起到长子的作用。不论你身居何处,长子就是长子,应起到榜样的作用。他龙大河承担起祖屋重建的法人代表,既体谅大姐大哥的难处,也是对父母的一片孝心,他也有能力去把祖屋重建好。大哥本应支持他,但大哥恰恰相反,却给自己设置一面无形的墙,平添了许多困难。龙大河估计,弟弟大山也可能同大海持一样的态度。龙大河决定暂不给大山打电话,待自己回红坎时,再同他详细面谈。

星期六晚上,龙大河接到刘洋的电话,催他回红坎办理买卖房屋过户手续。龙大河旋即通知两位妹妹,相约好下星期一返红坎,在枫叶国际酒店相见。

因班车发车时间和路程远近的不同,到下午五点多,龙大河三兄妹才聚集齐。稍事休息后,他们前往酒店二楼餐厅吃晚饭。龙大山也如约来到餐厅。晚饭后,大家一齐来到龙大河入住的房间。龙大河将撤诉和收购三十六号房屋的事再次陈述一遍。实际上,主要是对龙大山说的。最后,龙大河问龙大山:"你也一起参加吧?"

龙大山没有立即回答,他头靠沙发后枕,闭目养神。

龙大河见状,伸手拍打他肩头,说:"你昨夜去哪里了?"

好大一会,龙大山才张开双眼,慢条斯理地说:"我哪能像你,晚上酒楼吃饭,卡拉OK。我吃完晚饭,没事干,想到集资重建祖屋要用钱。遂将两个铁盒子搬出来,翻箱倒柜,找出十年前三星汽车厂股权认购收据,好去兑现。怎知一张也没到期。"

"有几十万吧?"龙冬兰笑着问。

"几十万?你以为我像大河哥呀!几千元!"龙大山大声回答。约十分钟后,他突然问龙大河:"刚才你说收购三十六号是多少钱?"

"十八万。"龙大河平静地回答。

"这么贵!你有没有吃回扣?"龙大山竟然说出这样一句话。

龙大河激动地站起来,指着龙大山,气愤地说:"你将我看成什么人了!"作为商人,龙大河对吃回扣这种行为最反感,也极力反对。因为吃回扣,既损害了商业信誉,也影响公平竞争。所以,他经常教育自己企业的供销人员,并严加管束。他宁可增加奖励,也不许吃回扣。想不到,自己的弟弟却用这样的眼光看待自己。

龙秋菊和龙冬兰也同时批评龙大山："你怎么能这样说大河哥呢！大河哥的为人，我们最了解。对大河哥，我们一百个放心。"

龙大山此时赔着笑脸说："开一下玩笑，要不，我会睡着的。"他就这样忽悠过去。

兄妹都深知龙大山的为人，也就不跟他追究了。可能爆发的一场争吵，就这样平息了。

龙大山为了扭转刚才的紧张局面，叹了一口气，说："这样吧，收购三十六号是好事，但我没钱，就不参加收购了。你们有钱，多建楼，将来有好处的。至于重建祖屋的事，我还在考虑，是否参加。"

龙大河和两位妹妹三人一下子目瞪口呆，万万料想不到龙大山的态度转变这么快，这么突然。他们三人其实不知道，龙大山早就从龙大海的电话中得知收购三十六号的事了，也了解大姐龙红梅和龙大海对收购一事的态度了。

龙大河性格急躁，他听完龙大山这一番话，马上站起来，高声说："好！你们都不参与收购。秋菊，冬兰，我们明天就去市房管局办理收购过户手续！"说完，走到行李架前，边翻动旅行袋边说："今天我很累，我需要冲凉，早些睡觉。"

众人见大河这样说，都默不作声，纷纷离开房间。

翌日上午，龙大河、龙秋菊、龙冬兰三人去市房管局办理购买三十六号房屋的过户手续。他们三人刚回到酒店龙大河的住房，商量找人设计新屋图纸时，龙大山来电话了。龙大山关心地先问一句:"你们办理完过户手续吗?"

"办理完了,很顺利。"龙大河回答。

"你们准备怎样建新屋?"紧接着,龙大山没头没脑地问。

"什么意思?"龙大河反问一句。

"是分开建,或是联建?"电话那头竟然这样问。

"这还用问,是联建!"龙大河大声回答,"我辛辛苦苦去买三十六号,就是想联建。"

"我告诉你,我反对联建!"龙大山说出真心话。"原来怎样就怎样建,各人建各人的。如果你要联建也可以,第一,购买三十六号房屋的钱,我一分也不出,也不能打入联建的成本。买三十六号房屋的钱,你们三人负担。第二,联建后的房屋,不管你们建多少面积,我要占有原先祖屋的百分之二十五,或者分最顶层一层给我,我要搬回去居住。我是留居红坎市的唯一一人,我有这个权利。"说完,龙大山挂断了电话。龙大山说话声音很大,也很清晰,所以,三人都听得很清楚。

晴天霹雳!

客房内长时间没人说话,人人都陷入沉思之中。

"天啊!"龙大河突然大喊一声,头倒在沙发背枕上,仰天长叹:"亲爱的父母,您们在哪里?我们龙家是不是有遗传因子,每一代都会出现不肖子孙?!"此时,龙大河双眼浸润出大滴大滴的泪水,在灯光下闪亮闪亮。两个鼻孔也流出清水。抿紧的嘴唇微微地抽搐,咽喉一上一下地跳动也清晰可见。显然,他内心十分痛苦。这种痛苦说不出来,也只有咽在心里了。

见此状况,两位妹妹都安慰他,劝解他,说:"不要理会他,他历来就是这个臭样子。他可能心理不平衡，才说出这样的话。"

龙秋菊立即去洗手间拿出湿毛巾，轻轻地为大河擦脸，边擦边安慰他。

龙冬兰一手扶着大河的肩膀，一手不停地拍打着他的胸部，说着许多安慰的话语。

十多二十分钟后，龙大河的神态慢慢平静了，他坐直身子，问两位妹妹："现在几点了？"

龙秋菊看看手表，回答："快十二点了。"

"我没事了，我们去吃饭吧。"龙大河从沙发上站起来说。于是，两位妹妹左右搀扶着他，慢步走出客房。

在客房过道里，龙秋菊出主意说："今晚吃晚饭，是不是请陈亚太来？陈亚太同大山哥是技工学校的同班同学，让陈亚太同他谈谈，做做思想工作？"

"大山哥的思想一时转变不过来，最好放一放，冷却一夜。明天请陈亚太来饮早茶，再谈，怎么样？"龙冬兰说。

龙大河听了两位妹妹的意见，心情平静地说："好吧！就请陈亚太明早来饮茶，今晚我给他电话联系。"

一般来说，任何双方的矛盾或冲突，要想及时得到和解或缓和，最好有第三方出面协调和劝解，尤其是家人之间或内部人之间的矛盾，这种办法尤为重要。

翌日，饮完早茶后，龙大河和两位妹妹借故购买三十六号房屋还有一些枝节问题，要同刘洋协商解决，提早离场，留下陈亚太和龙大山继续留在包房内。

陈亚太适时地夹一块牛排给龙大山，笑吟吟地问："老同学，最近有什么宏图大计？"

龙大山正被那块牛排塞着嘴，忙将牛排放下，粗声粗气地回答："宏图大计？我被二哥大河气死了。"

"这话从何说起？"

"你知道，重建祖屋的事，八字还没一撇，他却忙着去收购三十六号刘家房屋，还搞什么联建，在正街彰显他的财力和威风。"

"这件事不能这么说。"陈亚太适时地打断他的话，"据我了解，龙大河收购三十六号房屋的指导思想是：一来彻底解决你们龙家同刘家遗留下的历史矛盾；二来扩大你们建屋的地皮面积，这应算是一件好事。"

"好事也不能乱来吧。十八万元收购，比市面价高出八九万元。这里面有没有猫腻？"龙大山口气缓和了许多，但他对龙大河十八万收购三十六号房屋还耿耿于怀，怀疑龙大河食回扣。

陈亚太微笑着，也不忙着插话。他心想：以小人之心度君子之腹！据他长期同龙大河接触和了解，龙大河绝不是这种人。更何况，他目前财产千万计，在乎十万八万？但龙大河是一个较真的人，尤其在谈生意时，他会斤斤计较，毫厘不爽。平常请你吃饭，那是另一回事。这是他作为商人的本性。自己何尝不是如此？于是，陈亚太开口说话了："你不要这样怀疑你二哥大河，他绝对不是这种人！"他喝一口白粥，又说："据我掌握的市场信息，十八万是贵了一点，十五六万比较合理。俗语有讲，有钱难买隔离屋，十八万也是可以接受的。刚才我跟你讲你二哥大河收购三十六号房屋的原因了。我认为，他这一步棋子走得好，一棋赢了全盘皆赢，这是他眼光独到之处。"说到这里，陈亚太凑过身去，拍打一下龙大山的肩头，表示亲热，"老同学，放轻松一点。"

两人不说话，各自吃着自己喜欢的食品点心。

陈亚太睨视一下龙大山，见他神情缓和了许多，便转换一个轻松话题，说："我们同窗三年，毕业后各奔东西，相见也不多。现在留在红坎市的也不过十来人，什么时候我们聚一聚，我做东，你通知他们。"

龙大山听后喜悦，说："好呀！"随后他又转回他们龙家建祖屋一事，问："你是建筑界专家，你说是联建好或是分开建好？"

"这还用问，当然是联建好！"这正是他今早来饮茶接受的主要任务。于是，他因势利导，跟龙大山分析联建的三大好处：一是从设计布局和房屋使用上都有好处；二是地皮面积扩大将近一倍后，临街一面可留出一二百平方米面积，做花坛或停车场；三是最有价值的是，房屋将大大升值，更不是一般高层商品住宅房可比的。最后，陈亚太语重心长地对老同学说："眼光放长远一些，会有收获的。"陈亚太说完，看看手表，说："十点多了，我还要下工地去，今天就谈到这里。"说完他就叫女服务员过来结账买单。临走时，他还交代女服务员将吃剩包点打包，让龙大山带回家。

女服务员向他收取一元钱打包费，陈亚太掏摸两个口袋，没有一元钱，最小面值是十元的。他迟疑了一会，最后还是将十元钱交给女服务员。

龙大河默默地看着,没有任何表示。

陈亚太正要进入电梯口时,女服务员在餐厅门口叫嚷:"还有九元钱找给你!"

"你给那位先生吧!"陈亚太大声回答,此时电梯门已关上。

话分两头讲。龙大河兄妹三人从酒店餐厅出来,即到市区内各处走走,一起回忆在红坎生活的片段。他们真诚希望自己的故乡红坎,这座因港口而生,因港口而起的中等城市,能乘开放改革的大好东风,再次起航远行!

昔日古城红坎,有大小街道一百七十多条。三兄妹经过体育场和旧汽车站,就踏上了与中山路交角的民主大道。民主大道最北端有一座福州小学,这是一间由福建人和潮州人合办的小学,庙堂式建筑风格,雕梁画栋,富丽堂皇。龙家六兄弟姐妹都在这所学校就读过。母校正在上课,大门紧锁,三人不便进入。于是,他们三人沿着学校北边围墙,踏着青麻石铺设的台阶,拾级而上,上了古老渡街。他们三人立刻有远渡历史重洋登临昌盛一时的古老渡口之感。

古老渡街实际上是一条长不过二百米、宽不过三米、青麻石铺设的路面、弯曲不直的小街巷。但在一百多年前,当民主大道至海边一带还是汪洋大海时,这里曾是红坎埠的渡口。商旅熙攘,舟车辐辏,十分繁荣。以后,临海边的大通街、南兴街逐步发展起来,同古老渡街构成红坎最早的商业旺区。

三兄妹由北往南漫步,边走边看,边看边回忆交谈,不知不觉中来到大通街。想当年,这条长不到一千米的商业旺街,百货、布匹、金银珠宝、衣帽鞋袜、药材土产、家常日用食品，应有尽有，一应俱全。商贾汇集，人客熙攘。因此，常遭盗贼扰劫。为了防盗贼，两头街口和每道出入口处，都建有两米多高的街闸，安装板弄，派有专人看守。入夜，当一间间店铺关门熄灯，停止一天的营业后，守闸人上弄板，挂上大铁锁，一条几百米长的街道便锁上了。街道锁了，居民有了安全感，但也把他们外出的双脚锁住了。那些因事外出，或者迟回的居民，得用力拍打板弄，高声叫闸，守闸人凭熟口音开闸。至翌日天亮，被锁了一夜的街道才获得自由。

三兄妹漫步走完大通街，正要踏上与大通街成九十度直角的南兴街时，龙大河的手机铃声大作。他打开手机一看来电显示，是龙大山的电话。龙大山说，他下午三点钟到酒店客房，有事同他们商量。此前，龙大河他们已从陈亚太的电话中得知他俩的谈话内容。所以，龙大河估计，龙大山下午来谈的话题应是祖屋联建一事。

下午三点钟，龙大山依时到酒店客房，见到兄妹三人正在房内饮茶闲聊，气氛十分轻松。没人跟他打招呼。他知趣找位置坐下。龙秋菊给他递上一杯热茶，他感到兄妹之间的温暖。他喝口茶水后，清清嗓子，先开口问："你们的事办好了？"

龙秋菊点点头，回答他："办妥了。"

龙大山接着说："这两天，我考虑再三，祖屋还是联建好。所以，我决定参加联建。"他停下来，用眼睛扫视兄妹三人，又继续讲："我也用电话同大海哥讲，他亦同意联建。"

"同意联建，有没有条件？"龙大河接过龙大山的话问。

龙大山没有马上答复，装作好像在思考的样子。过了十几分钟，才压低声音说："有条件。"

"什么条件？"又是龙大河问。

"很简单，一是，你们收购三十六号房屋的钱不能打入祖屋重建的成本；二是，我同大海哥都不参与你们的收购。"

"好！"龙大河拍打一下大皮沙发椅的扶手，爽快表态。事前，他们兄妹三人就商定了，只要龙大山同意联建，他是否参与收购否三十六号房屋，是否同意将收购款打入祖屋联建的总成本，都无所谓。此时，龙大河站起来说："我们来搞个祖屋重建的补充协议吧。"

"不是已有一个祖屋重建的协议吗？"龙大山明知故问。

"是，这是补充协议。"龙大河回答。

"搞这么多协议，有没有必要，有没有作用？"龙大山身为局长，哪有不懂协议的重要性和作用呢？

"有作用！"龙大河斩钉截铁地回答，"你不执行，我就到法院起诉你。协议是一个重要证据。"

龙秋菊和龙冬兰二人也异口同声说："有个补充协议好，免得日后生枝节，闹矛盾。"

"你们既然这样讲了，写就写吧。谁写？"龙大山也站起来说。

"我讲，你写。"龙大河已走到办公桌前，拿出酒店专为客人备用的纸和笔。龙大山见此状况，也乖乖地坐到办公桌后的办公椅上，拿起笔，铺平纸张，说："讲吧。"

"标题，祖屋重建补充协议，慢点儿，你怎么搞的，连'标题'二字也写上呢？"龙大河停止口述，问。

龙大山笑着回答："是啊！我只顾听你讲，就写上了。好，重新写过。"他口齿伶俐，能言善辩，在任何场合都表现出来。

龙大河于是重讲："标题，祖屋重建补充协议。另起一行。由于龙大河、龙秋菊和龙冬兰三人已购买正街三十六号房屋，消除了龙刘两家共用一墙的历史矛盾，现已具备祖屋和三十六号房屋联建的条件。我们兄妹六人一致决定，两屋联建，构成一整体。现协议如下，冒号。"龙大河发音清晰，龙大山记录也快，配合很好。

龙秋菊和龙冬兰在旁观看。龙秋菊深有感慨地冒出一句："你们兄弟二人像现在这样，什么事都配合就好了。"

"另起一行。"龙大河继续口述，"一、龙大河、龙秋菊和龙冬兰三人购买正街三十六号房屋之全部款项，不能打入祖屋联建的总成本内。"龙大山听到这一条，甜滋滋地微笑着，手飞快地记录着。

"另起一行。二、兄弟姐妹六人在祖屋重建协议中确认的股权和利益不变。"

"慢点儿，我用纸巾搓搓手，我手心都出热汗了。"龙大山放下手上的笔，对龙大河说，"你口才真好！"

龙秋菊适时给龙大山递上一扎纸巾。

口述继续，"三、联建的总造价按各人股权比例分摊。四、本补充协议与祖屋重建协议具有同等法律效力。五、本协议签字之日起生效。各人一份，均具有同等法律效力。下面是各人签名按手指模。最后，写上签约日期：公元二〇〇九年七月十三日。口述完。"

龙大山将补充协议记录稿交给龙大河，同时说了一句："好厉害呀！"他这一句"好厉害呀！"不知是说龙大河好厉害呢，还是补充协议的内容好厉害？或者兼有之。总之，他不十分情愿。

龙大河浏览一遍手稿后，交给龙秋菊，并说："你同冬兰一起到楼下酒店服务总台，让他们帮我们打印，一式六份。打印好即回来，我们各人签名按手指模，快点儿。"说完，他又补充两句："我已向大姐通报了，她让我代她签名。大山，你也代大海哥签，是吧？"

龙大山点头，说："他也叫我代他签名。"

众人在打印的补充协议上签名按手指模后，各执一份。至此，龙家六兄弟姐妹在祖屋重建中形成了两个法律文件。

晚饭是龙秋菊请的客。席中，龙大山以茶代酒，同秋菊碰杯，说："你看得起大哥，请大哥吃饭。谢谢！"

龙秋菊笑着回答："应该！应该！希望今后有更多这样的机会。"

晚饭后回到客房，龙大河独自一人躺在床上想：上月拆了一面实体墙，今天又拆了一面人为形成的虚拟墙。不知道明天，后天，大后天，会不会产生出更多人为虚拟的墙来？世事难料，人心难测呀！只能走一步，看一步，步步走下去，一直到把祖屋重建好，告慰父母在天之灵！

十一、价低者得

龙秋菊和龙冬梅先后返回自己所在的城市,留下龙大河,物色、确定房屋图纸设计人。龙大河同龙大山一起去海滨宾馆工地找陈亚太帮忙。陈亚太在工地办公室接待他俩。陈亚太知道他俩的来意后,笑着说:"你俩来找我,对,也不对。我们可以帮你们审查图纸,但不能为你们设计图纸,我们没有这个证书和资质。这样吧,我给你们推荐一个人,他就是市设计院院长招文远。李当正跟他很熟悉,他俩之间也沾亲带故,听说有一点儿亲戚关系。我最早认识招院长,也是通过李当正介绍的。龙大河你给李当正打个电话,再让李当正给招院长打个电话。我保证招院长一定接受你们的委托,并且出图纸快,收费低。大家都知道,正规设计院,往往不接受像你们这样的民房小工程设计任务的。"

就这样,龙大河兄弟俩离开海滨宾馆,返回酒店客房。入房,龙大河迫不及待地给李当正打电话。李当正听完电话，明白意图后，马上给招院长打电话。招院长爽快接受李当正的委托，并让龙大河明天上午到设计院他的办公室找他，下午他要出发去广州，不要误时。

翌日上午八时，龙大河兄弟俩即去市设计院拜访招院长。招院长热情接待他俩。招院长听了他俩的说明后，用电话叫来一名四十多岁的男子。招院长介绍龙大河兄弟同这名男子认识："这是我院的林工程师。这两位是我的朋友、龙老板。"于是，三人互相握手，问好。礼后，招院长继续说："林工，龙老板他们有一幢房子要设计，你带他俩去你的办公室，让他们介绍情况和要求。"林工领兄弟俩离开招院长办公室。临到门口时，听到背后传来招院长的声音："林工，你设计好图纸后送来我审阅。"林工爽快回应："是！"

今天办事顺利，龙大河十分高兴。他决定下午赶回佛山，处理企业事务。临行前，他一再叮嘱龙大山：拿到设计图纸后，要马上开展报建、领取开工准许证等前期工作。待他回红坎后再一起进行招标、施工等工作。

十天后，龙大河又回到红坎。他在途中已电话通知龙大山，约他中午带齐设计图纸和建设许可证、开工许可证等证件到枫叶国际酒店相见。龙大山此次很听话，早早在酒店大堂等候二哥了。

进入客房，龙大山将带来资料摊放在办公台上，十分得意地对龙大河说："我跑了几次，才将这些资料和证件领齐。除设计图纸，其他证件，我都一式六份复印了。你看，都在这里！"

龙大河放下行李，脸也不洗，水也顾不上喝一口，就坐到办公椅上，一一查看设计图纸和证件。约二十分钟，他抬头望着龙大河问："怎么证件只有复印件，原件正本呢？"

龙大山早有思想准备，十分平静地回答："我怕在路上将原件丢失，留在家中。"

"记住，明天带来！"龙大河没有意识问题严重性，仅叮嘱这么一句。一年半后，祖屋重建竣工，至今未能办理新的国土证和房产证，就因龙大山不肯将他保存的建设许可证和开工许可证的正本交出来，以此要挟来增加他的股权份额。

临离开客房去餐厅吃午饭时，龙大山拿出几张发票和收据，要求龙大河马上给他报销。

"明天不成吗？"龙大河问。

"你不知道，我人老了，做事总是丢三落四。我放在口袋里，丢掉了怎么办？"龙大山一副可怜相地说。

"好吧！"龙大河只好给他报了。"你点点数。少了我可不管！"龙大河将应报销的钱交给龙大河，几分气愤地说，但内心却骂道："变成什么样的人了！"

下午，李当正应龙大河之约，也从深圳赶到红坎市。

晚上，陈亚太应约来到枫叶国际酒店二楼餐厅，一进入餐厅包房，就笑哈哈地对着众人说："你们今晚请我吃大餐，一定是有事相求。"

"让你猜对了，不愧是个聪明人。来，来，来，请这里坐。"龙大山笑嘻嘻地站起来，边说边拉陈亚太坐到他兄弟俩中间。

"我们同窗三年，没机会同桌坐，今晚难得坐在一起。"他尽量拉近同陈亚太的关系。陈亚大已经不是当年凡事不出声、夹着尾巴做人的中技生了，而是在红坎当地建筑界响当当的龙头大哥了。

"不敢当！不敢当！"陈亚太挣脱龙大山的手，坐到李当正的下席去。"我还是坐在这里，好跟李局说话。"

李当正将座椅摆正，好让陈亚太坐得舒服一些。

龙大河一直在看菜谱，没有理会他人。好大一会儿，他叫来女服务员，点了菜。他让女服务员把菜单给陈亚太看。陈亚太看也不看一眼，说："客随主便，老板点什么我吃什么，不用看。"

菜未上席，龙大河抓紧时间，对陈亚太说："让你猜对了，真有事求你。"

"什么事？"陈亚太平和地说，"不要说求不求的话。"

"祖屋重建工程交给你。"龙大山抢着大声回答。在龙大山看来，承建工程是赚钱的大好机会，求之不得，陈亚太不会不乐意接受的。出乎龙大山的意料，陈亚太摆着大手说："我跟你们说过了，承建房屋的事，你们千万别找我。"

"怎么，有钱你都不赚？"龙大山睁大眼睛，大惑不解地问。

"做工赚钱，哪有不想的道理。"陈亚太放慢语速，说："我，我最近很忙。这样吧，我派几个工人去帮你们拆屋，清理场地。"

龙大河一直听着，他知道陈亚太讲的不是真心话。在这种场合，他也不便点破。他接过陈亚太的话说："十天前，我已叫韩朝带人去拆屋和清理场地了。这个就不用劳驾你了。"原来，龙大河想关照韩朝，将拆屋和清理场地的工作让他承包了。同时，将那些拆下来的梁柱、桁条、角仔和砖头旧瓦等等，一并送给他，也是对三奶多年来帮助照看祖屋的一种回报。

酒菜上席了。于是，四人忙着喝酒吃菜。酒过三巡后，龙大山借着酒酣耳热，走到陈亚太身旁，左手揽紧陈亚太，大声地说："你不够朋友！我大佬请你承造工程，你都不肯帮忙。有钱不赚，真是天下大傻瓜。是不是嫌钱少？你说，你要多少？说！大佬不同意，我同意！"

陈亚太推开龙大山，认真地说："我真的很忙！"此时，陈亚太的手机响了。他离席，到包房的角落里听电话。好大一会儿，他回到酒席上，自我斟满一杯酒，拿起酒杯，对着三人说："工地有急事，我马上要回去处理。不好意思，我敬你们各位！"说完，他高举酒杯，一饮而尽。"多谢各位！"说完，他大步流星地走出包房。

这里说说陈亚太同他们三人之间的瓜瓜葛葛。

先说陈亚太和龙大山。他俩是上世纪50年代末60年代初，红坎市技工学校的同学。陈亚太因家庭出身不好，处事低调。在班上，在学校里，没有什么人注意到他。龙大山家庭出身城市贫民，大姐龙红梅是中共地下党员，大哥龙大海此时也入了党。他人聪明、机灵，处事好张扬，在班上，在学校里，都是一个人物。当时，陈亚太因家庭出身不好，毕业分配被分配到粤北连山县一个公社农场。陈亚太不服分配，说："一个月二十八元，我到哪里都能赚到！"就这样，他回乡务农，当农民。而龙大山，是班中几个留在城市的学生之一。自此，人生轨迹各不相同。正如俗语所说：你走你的阳关道，我走我的独木桥。

而他同龙大河的关系，是妻舅关系，他的堂姐陈秀梅嫁给龙大河。自此，两人来往密切。而他同李当正认识，则来自龙大河。龙大河是李当正的妻舅。陈亚太回乡当农民不到几个月，便同村中几名青年结伴下雷州打石。在雷州打石，钱是好赚，但那个艰辛滋味，不是一般人所能承受的。夏秋两季，雷州半岛多台风暴雨，农民一般也不盖房子，不需要石砖。此时，打石民工便返乡务农。陈亚太返乡途中，就会落脚正街堂姐家，因而有缘同李当正相识。当年，他为堂姐在祖屋后填土盖的二层小楼，用竹材代替钢筋，就是听取李当正的意见。小洋楼经历风风雨雨，甚至十四级强台风，三十多年不倒，稳而泰山。李当正在大学学的是经济，但对建筑却如此熟悉，令陈亚太十分钦佩。后来两人成为莫逆之交。

翌日上午，龙大河和李当正二人去海滨宾馆工地找陈亚太。陈亚太正在办公室审查图纸，抬头见到龙大河和李当正，便招呼他俩坐到长木椅上。他忙收起图纸，给两人端上茶水，便同他俩坐在一起。陈亚太看见龙大河手上拿着图纸，便微笑着说道："怎么？追到我工地上来了。"

"没有办法呀！你一定要帮我。"龙大河随即将图纸打开，平铺在茶几上。陈亚太凑过头去，看了一下，说："六层基础，建三层。每层二百五十平方米，共七百五十平方米。不错，谁设计的？"

"市设计院林工。你认识？"

"何止认识，我们很熟识。"陈亚太搞建筑工程施工的，跟市设计院的人员来往密切，认识不少人。

龙大河见陈亚太迟迟不表态，便急切地说："你一定要帮我。

你知道，我当了这个法人代表后，一个月有一半时间在红坎，企业里的事也顾不上。我不可能长时间留在这里。我交给你建造施工后，一百个放心，我也不用经常跑回来了。"龙大河说得很诚恳。

"好吧！"陈亚太终于表态了，"不过，我跟你说明白，我是看在你和李当正面上才答应的。如果龙大山来，我会一口拒绝。虽然他是我的同学，这个人太市侩了，完全不像一名国家干部。"说到这里，陈亚太转脸，对着门外大声叫喊："叫三队长过来！"

陈亚太待龙大河喝一口茶水后，又说："还有一件事，我要事先讲清楚，我们是一类公司，收费是很贵的。我们内部管理是层层承包。工程队去承包施工，不可能给你减免收费的。我只能在工程队上缴给公司的款项中，扣除税费后，给你优惠。"

一会儿，三队长跑步进来，说："老板，你叫我？"

"你坐下。"陈亚太挪动一张椅子给他，并把设计图纸递给他，说："是一幢小民房。你先拿回去，搞个施工预算，明天交给我。"

三队长展开图纸，粗略看一下，说："好！"便边卷图纸边离去。这小小的民房施工，对他来说是小菜一碟。

陈亚太送二人离去时，拍打着李当正的肩膀对龙大河说："你叫李局回来就对了。他不仅对经济很在行，对建筑也在行。更重要的是，他在红坎市有一定的人脉关系，办事方便。"

李当正说："你不要胡吹了，我哪有这本事。"

三人在说说笑笑中分手。

第三天上午，陈亚太和三队长按事前约定，准时来到枫叶国际酒店 808 号房间。龙大河、龙大山和李当正三人早在等候他们了。

"陈老板！"龙大山首先同陈亚太热情打招呼，并拉着他的手，让他坐到他刚坐的大皮沙发椅上，"你坐这里，好跟我大佬谈。大老板对大老板。"

李当正招呼三队长坐下。

各人坐下后，陈亚太将设计图纸交还给龙大河后说："我们已将施工预算打出来了，你们看看。"边说边将预算方案交给龙大河。

龙大河没有马上伸手去接，说："我看不懂，你就报个价吧。"

"给我看看。"龙大山从陈亚太手上将预算方案拿去，快速地翻看着。也不知他懂不懂。

"每平方米造价一千二百八十九元。"陈亚太顺口说出报价。怕他们听不明白，又补充道："包工、包料，大包。"

"包装修吗？"龙大河问。

"毛坯房。"三队长回答。

"报价太高了。"龙大山信口插话。

陈亚太听后，微微一笑。他转脸面对李当正说："李局熟悉工程施工，让他看看。"

龙大山遂将手中预算方案递给李当正，说："给专家看看。"这是风凉话，也是他脱手的机会，因为他根本看不出个名堂来。

"好，让我学习学习。"李当正接过预算方案，对着陈亚太微笑着说道。于是，他从头到尾粗略看了一遍。重点看了钢材型号、厂家；水泥标号、产地和桩基等几项。其余的，他一瞥而过。

众人饮茶，默默地等待。

龙大山忍耐不住，追问李当正："怎么样？是不是报价高了？"他希望李当正支持他的观点。

李当正不理会龙大山，转脸问陈亚太："你们公司是几类资质？"他知道陈亚太的公司是一类资质，他这句问话是让陈亚太告诉龙大山的。

"一类。"陈亚太简短答道。

李当正开始表态了："他是按一类企业收费，材料是市场价，随行就市，报价算是合理。"他转而对陈亚太说："这样吧，大家都是熟人和朋友，你给个折头，少收一点儿吧。"

陈亚太没有正面回答，他转脸对着三队长说："三队长，你是承包施工的，怎么样？"

三队长有点儿无奈，一时也不好表态。他是看在自己老板同发包方的关系上才报这个价的。现在还要减，实在已没钱可赚了。反正工程量不大，三四个月就可完工，做个人情吧。于是，他对着自己的老板说："好吧，我回去修改一下。"

陈亚太明白，三队长这最后一句话隐藏着回去后，三队长会要求减少上缴公司的费用。事情到了这个份上，也只好回去商议了。

龙大河急着追问："我们什么时候再谈？"

"明天下午吧。"陈亚太爽快地回答。于是，他同三队长步出客房。

翌日下午，龙大河等三人早早集中一起，等候陈亚太和三队长二人。四点多钟，陈亚太和三队长迟迟未现身。龙大山按捺不住不满，口出怨言："包工头就是这个屌样子，没点儿时间观念。我看算了，不让他们承建！有工程怕没人造！我找人来造！"一语道出他的计谋。

此时，龙大河也开始急躁起来，说："不来，也应有个电话呀。"

李当正看下手腕上的手表，对两位大舅佬说："大河、大山哥，我已约好一位朋友五点钟见面，我出去一下就回来。陈亚太他们能减多少就多少，千万不要跟他们争拗。否则，他们甩手就走的。有什么事，最好等我回来协商处理。"说完，拿起手提包就离去。

李当正前脚刚离开，陈亚太和三队长二人后脚就到。他们可能错过电梯了。

落座后，陈亚太对三队长说："你说说吧。"

三队长坐得笔直，谁也不看，昂着头，一身包工头气质，说："我是看在老板份上才揽这单工程的。工程量不大，人员调动频繁，设备搬来搬去。更重要的是，昨晚我跑到正街去实地勘察一下，正街电源线路电压低，要同春景花园施工单位协商，借用他们的线路。这些都要讲人情关系和花钱。我们的报价本来就不高。既然我们的老板跟你们有亲戚关系，跟李局又是老朋友，看在老板面上，我就少收一点儿，实收一千一百七十八元。"说话干脆利落，有理有据。

龙大山早就憋不住了。三队长的话音刚落，他就粗声粗气地问："真的不能再减了？"

三队长包工头粗暴的性格也表现出来了:"明码实价。要再减,就不干!"

龙大河为缓和紧张的气氛,转脸对着陈亚太,用商量的口气问:"能不能再减一些?"

"人家不是说了吗!何必低三下四地求人。有工程怕没人干?我有人!"龙大山横插这一句,即时激怒三队长,他霍地站起来,对陈亚太说:"老板,我们走!"

陈亚太他们是一类资质的大公司,本来就不想承接这种民房小工程。这叫大鸡不吃小米。看在龙大河和李当正的面上,他才让三队长来承接的。他也知道跟龙大山共事会有不少麻烦,想不到刚开始接触就发生矛盾。于是,他也不同龙大河兄弟二人打招呼,就同三队长一起拂袖而去。他是做给龙大山看的。

陈亚太和三队长刚离开,龙大河和龙大山就争吵起来了。龙大河指着龙大山说:"你不能这样做人!谈生意要平心静气,慢慢地谈。一次谈不成,就多谈几次,才会成功。你急什么?事情完全给你搞黄了!"

龙大山不示弱,大声地回答:"我最看不起包工头!他们有什么了不起!承接工程的人多的是,我明天就可以找人来承包。"这最后一句话里暗示着他早已物色好人选了,只不过时候未到,他不开口说出来吧。

此时,李当正急冲冲地从外面赶回来。他一进门就问:"怎么样,陈亚太他们还没来?"

"走了。"龙大河泄气地回答。

"大老板,狮子开大口,不肯减价。"龙大山回答。"戴帽的去，打伞的来，怕什么！"

李当正是妹夫，对龙家祖屋重建，按继承权法，他同妻子享有同等的权利。但对龙家姐妹兄弟来说，他是隔了一层肚皮的。所以，在龙家祖屋重建事情上问及他的意见时，他嘴里往往会蹦出一句戏言："我是第三者。"现在，此情此景，他也就沉默不语了。

这种情景，当晚的晚餐，当然是"贵宾自理"了。但龙大山一离去，龙大河就和李当正去二楼餐厅了。席间，龙大河对李当正说："你认识的人多，介绍一间建筑公司，怎么样？"

李当正知道龙大河这句话是真心话，但他没有马上回答。龙大河放下手中碗筷，殷切地望着李当正。李当正很感动，于是开口："这个不成问题，问题是大山哥会怎样想。"

"不管他！"龙大河理直气壮地说："按协议，我、秋菊、冬兰三人都是大股东，他们是小股东。我又是法人代表，我说了算。"

李当正觉得龙大河说得有道理。如果这点儿权力都没有，还当什么法人代表？于是，他说："我考虑一下。"

晚饭后回到客房，李当正立即给市设计院的林工打电话。两人寒暄一番后，便转入正题："龙家对你的设计很满意，他们让我再一次感谢你。他们对你很信任，想请你推荐一间建筑工程公司来承建工程。"说到这里，李当正听到对方哈哈大笑。他心里明白，这是承诺的一种表现。打蛇随棍上，便说："这样吧，你驾轻就熟，明天让他们搞个承建报价给我们。"

"明天时间紧一点儿，后天下午怎么样？"林工爽快答应。

在他看来，这是冷手捡个热煎堆，何乐而不为呢？更何况他跟许多建筑公司和包工头来往密切，只要他开口，自然有人出面承接。他坐在那里等分成就得了。

"好吧。后天下午在枫叶国际酒店808房相见。"李当正完成了任务。

那边，林工左手放下李当正的电话，右手立刻拨通陈亚太手下三队长的电话，了解三队长的报价及一些有关细节。他胸有成竹，当即草拟施工方案及报价书。

翌日下午，林工派人将施工方案及报价书送到李当正手中。于是，龙大山和李当正又集中到龙大河的808房。龙大河看后，拿着报价书在空中摇晃几下，说："比三队长的报价每平方米低七十八元。你们二人看看怎么办，能不能接受？"

沉默几分钟。

龙大河发话："大山，你先讲。"

龙大山马上站起来，气冲冲地说："我讲？我讲三个字：不接受！"当年当局长的气势，现在一点儿也不减少。

李当正仍然拿着报价书，认真地阅读，一句话也不说。

龙大山走前两步，站在李当正面前，大声说："不用看！话是人讲的，数字是计算出来的！"

李当正抬头望着龙大山，平心静气地说："你不看，怎知道他计算出来的数字合理不合理？"他转而面对龙大河说："依我看，林工推荐的公司同三队长计算的依据基本一致，大同小异，报价相差无几。"说到这里，他不再往下说了。林工推荐的承建公司是市第九建筑工程公司。他在红坎市工作时，好像还没有这间公司。九建，应该是新成立的，或者县建筑工程公司晋级升上来的。总之，他对九建不了解。一项工程的质量是否优秀，一般来说，一看监理到位不到位，二看施工单位的资质高不高。所以，李当正一时也不好表态。

龙大河拿不定主意。他望着龙大山，问："怎么办？"

"我不是表态了吗？不接受！"龙大山还是那句话。

"这样拖下去也不是办法。"龙大河自言自语。

"有工不怕没人做，有钱不怕没人不想赚。"龙大山说完这句话，扫一眼龙大河和李当正，拍打着胸口说："我帮你找一间建筑公司，保证报价比他们的低。"

龙大河问李当正："怎么样？"

李当正思考几分钟后，语气平淡地说："依我的看法，还是再考虑一下。"于是，他转而对坐在床上的九建师傅说："请你转达我们对林工的感谢。我们再研究一下，明天下午答复你，好吗？"

九建的人回答："好！"说完便起身离去。

待九建的人离开房间，李当正转换严肃的口气说："我的经验是，凡盖房子搞装修，不能光看报价高低，而应看效果，看该公司的资质和声誉。"说到这里，他不再往下说了。龙家六兄弟姐妹，各有主见，且主观性比较强，不容易接受他人的意见。在祖屋重建中出现那么多的阻力，这是原因之一。用龙大海的话来说，李当正是女婿，是"隔一层肚皮"的。而用李当正本人的话来说，是"第三者"，充其量是参谋。"参谋不带长，放屁都不响。"说那么多，容易得罪人。

此时，龙大山不耐烦了，再次站起来，大声说："我声明，如果你们谁再找林工来谈，我不参加！"

这种场合，这样的气氛，讨论什么问题都没有结果。龙大河站起来，语气低沉地说："好吧！今天就讨论到这里。"

晚饭后，李当正到808房对龙大河说："深圳有个经济研讨会，我在会上有个发言，必须回去参加。我已买好明天早上七点四十分钟的班车车票了。"

"找建筑公司的事怎么办？"龙大河望着李当正问。说心里话，他早就想回佛山了。在这里，每天吃住花费不说，企业的事最放心不下。他是搞化工行业的，过去很少接触建筑这一行。这一次，就这么一单小小的工程，也令他束手无策。

"大山哥不是说他找吗？"

"我不放心。"

"我还是那句话，不管什么公司，他们的报价是多少，你首先要考虑的是：一公司资质，二用材标准、厂家和产地，三有没有按照设计图纸去施工。"李当正拍打着龙大河的肩膀，安慰他说："放心吧，没事的。"

李当正上午离去，龙大山下午就领着一名包工头来见龙大河。此时，龙大河正同佛山的儿子通电话。他一边通电话，一边去开房门。房门打开，只见龙大山身后跟着一位身高不到一米六，圆头大耳，挺着大肚子的壮汉。他着一套深灰色西装，左衣袖口上的"金利来"三字商标舍不得撕掉，唯恐别人不知道这是时下名牌货。领带也是金利来牌子，皮带也是金利来牌子，真是一身金利来化。进入房内，龙大山便急巴巴地介绍："这位是市建安公司下海分公司经理包大石。"

"抱大石？"龙大河愣了一下，半开玩笑地说，边说边伸出右手，准备同包经理握手。包经理却急着从黑色皮手包里掏名片，边掏边说："我叫包大石，包青天的包。这是我的名片。"遂双手将字体烫金的名片递给龙大河。

龙大河接过名片，边看边说："包大石，不是抱大石。包经理，对不住。"说完，也将自己的名片递给包经理。

这边包经理还没看名片，那边龙大山急着介绍，说："这是我二哥，佛山市方安包装材料公司董事长。"

"龙董事长，久仰，久仰！"包经理伸出大手，同龙大河握手。

紧接着，包经理从西装口袋里掏出一个金色打火机和一包精装"555"牌香烟，从中抽出一根，双手毕恭毕敬地递给龙大河。

龙大河摆摆手，说："我不抽烟。"

"我也不抽。"包经理边说边将香烟装回烟包内。

各人依次坐下。龙大山冲茶、斟茶、递茶，礼仪十足。

包经理连呷二口茶水，先开口："我听龙局说，你们龙家祖屋重建，新建一幢高尚住宅楼，正准备找建筑公司承建。我对龙局说，这区区小事，不用去找别人。我们十几年老朋友了，我帮你们建造。"边说边从黑色手提包里掏出两页承建报价书，双手递给龙大河，"请龙董审阅。"

龙大河接过报价书，快速浏览一遍。所列建材、施工进度、措施等等都比较简单，没有三队长和林工的那么规范、详细。唯一是报价低，每平方米造价九百九十九元八角八分。数字全是好意头，久久发发。龙大河试探地问："钢材是按什么规格和标准？"

包经理马上回答："按设计图纸要求。龙董呀，我同你细佬交了十几年的朋友，不会骗你的。"说到这里，他抬头望一眼龙大山，问："是不是？"

龙大山会意，说："包经理是位老实人，不会说那些烦人的数字。我对他最了解。"

此时，包经理从黑色手提包里掏出三张纸，皮笑肉不笑地对龙大河说："龙董，这是承建合同，请你审阅一下。如果没有问题，我们就签了。"说完，他双手毕恭毕敬地将承建合同书递给龙大河。值龙大河正看承建合同书时，他转头给龙大山使了一个眼色。龙大山会意，立刻弯腰凑近二哥，指指点点，说："包经理的合同书列得很详细分明，条条清晰。"

正在这重要关头，龙大河的手机响了起来。龙大河刚按下接听按键，就听到对方急切地说："……广州来的师傅检查大半天，也检查不出问题出在哪里。据他说，可能有一个部件烧坏了。只有等你回来，大家一起再检查一遍。不成，只有你去香港请师傅来或者换部件。"佛山那边说话的是龙大河儿子龙永福，"怎么办？停产一天损失二十多万元呀！"听到这里，龙大河已无心审查合同书，他今晚必须连夜赶回佛山。"大山，你审查过吗？"他抬头问龙大山，他认为报价能接受。此时，他已忘记了李当正临行前对他说的话了。

"来前，包经理已给我看过了。"龙大山马上回答，"包经理的报价比他们的低很多，我们应该接受。价低者得嘛！"他后一句很入耳，也很厉害。

"好吧！听你的。"于是，龙大河接过包经理双手递过来的签字笔，大笔一挥，草草地在一式三份的承建合同书上写上自己的大名：龙大河。随后写上日期。

包经理接过合同书，龙飞凤舞地签上自己的名字：包大石。

仓促之间，一份具有法律效力的承建合同书就这样产生了。

价低者得，这是经商之道。但切莫忘记，广东有这么两句俗语：

便宜没好货，好货不便宜。

一分钱一分货。

十二、沆瀣一气

　　包经理带领工人到正街三十六号和三十八号龙家地块进行开工前期的准备工作。他对施工环境和条件都很满意,唯有供电线路的电压不符合搞拌机使用,必须更换线路。如果让供电部门专门拉一条高压线,申报手续繁锁,且收费贵。唯有接通春景花园工地的专用线。这件事,龙大山同包经理密商承建工程时,龙大山已提及过,当时包经理听不清楚,或者心不在焉,总之不表态。现在,在工地上,包经理任由施工人员吵嚷一阵,让龙大山知道。包经理问龙大山:"怎么样好?"

　　"哪有什么好不好,要施工就要解决。"龙大山爽快回答。

　　于是,包经理严肃地对龙大山说:"现在有两个解决办法:一是向供电局申请拉一条高压线,费时费钱,你是知道的。二是接通春景花园工地的专用线,最省时,也方便。所以,我希望甲方尽快去协商解决。否则,我们是无法开工的。"

听了包经理这一番说话，龙大山发愁了，说："春景花园工地的人，我一个也不认识。怎么去协商？你同他们是同行，应该你去。"

包经理笑着说："我去也可以，但要这个。"说到这里，他抬起右手，用拇指和中指互相捻搓几下，表示要花钱。

龙大山反应快，问："要多少钱？"

"我去春景花园联系过了，他们要收五万元才让我们接线。"包经理再次伸出右手，张开五指表示数目，"你若同意，就追加造价。怎么样？"他对龙大山眨眼示意。

龙大山也是此中老手，对自己没有利益的事，不会轻易允诺。于是，他模棱两可地回答："我要问过二哥龙大河。他是法人代表，将来验收和结算是他签字。"

此时，包经理望一眼悬挂头顶的太阳，说："到吃午饭时间了，我们到南华酒店饮茶。"说完便拉起龙大山的右手，走向正街。

两人在饮饮食食间，包经理又提起拉接春景花园工地的高压线一事，说："这件事必须尽快解决，否则我们无法开工。这样，责任不在我们乙方。"

龙大山只顾埋头吃东西，不说话。

包经理适时地夹一件红烧乳鸽头给龙大山，说："吃头补脑。"自己夹一件尾椎，没有立即往嘴里送，贼溜溜的双眼专注地看着龙大山，意味深长地说："你吃头，我吃尾。"

龙大山是个聪明人，对包经理最后一句话心领神会。他便开口说："开工重要。你先去联系接通。接通电源后，我给你写张证明材料，日后我再对大河哥说。"

当晚，包经理去拜访春景花园电工班长。临出门时，他塞给电工班长一个三千元红包，说："这件事就拜托你了。"包经理给龙大山多少，无人得知。这种事，唯有天知地知。

包经理择了黄道吉日，正式开工。那天一大早，他让工人在工地四周贴上二三十条划了符的黄表纸；正北方位，挂上鲁班画像，焚香燃烛，摆上三牲祭品。包经理领着七八名工人，三跪九拜，口中念念有词。礼毕，燃放鞭炮。鞭炮声响彻正街上空，硝烟弥漫，惊动街坊邻里和过往行人，纷纷跑来围观。三奶和韩朝也混杂在围观人群中。此时，街坊们知道：龙家祖屋重建了！

包经理的开工仪式，没有邀请上级主管部门领导，也没有宾客。唯一宾客是甲方代表龙大山。

仪式完成，开始放线，挖基础。龙大山和包经理铲第一铲土，跟着各工人开挖坑基。但大家都是做个样子，表示正式开工了。所有仪式和动作完成后，包经理大手一挥，带领众工人去南华酒店庆贺了。龙大山被众人拥坐主位。酒席间大家频频举杯，开怀畅饮，酬酢声一片。

龙大山为什么会成为包大石的座上客？这里要表述清楚。世界上没有无缘无故的恨，也没有无缘无故的爱。

十六年前，红坎市后海区二轻局准备兴建一幢干部宿舍大楼。消息传出，多家建筑公司和许多建筑包工头纷纷找上门来，希望承接工程。局长龙大山家一下子门庭若市，应接不暇。经过筛选、比较、权衡得失后，龙局决定将工程交给市建安公司下海分公司包大石经理承建。包经理给出的汇报很实惠：工程总造价的百分之七的回扣。有了这第一次联手之后，龙局陆陆续续将办公大楼和干部宿舍大楼的平日维护工程全交给包经理负责。交往越来越密切，吃水也越来越深。两人之间谁也离不开谁，已到了亲密无间的地步。对此次祖屋重建工程的发包，龙局心中早有数。事前他向包经理通风报信。时机成熟，两人一拍即合。于是，炮制出工程承包合同。推波助澜，互相配合，水到渠成。神不知鬼不觉，天衣无缝。这叫吃里爬外。

话说龙大河连夜赶回佛山处理工厂事务，到第五天才抽出时间，分别给大海、红梅、秋菊、冬兰每个人打电话，通报祖屋重建工程发包的基本情况。各人听后，都表示没有意见。唯有秋菊丈夫李当正在旁插了一句："有点儿仓促。"当领导的说话都比较含蓄。半小时后，李当正主动给龙大河打电话："大河哥，如果有时间，我们一起回红坎看看吧。好不好？"

龙大河听后很高兴，马上答应："好！我安排厂里的工作后，后天我们回去。"

龙大河和李当正先后回到红坎后，也没有马上跟龙大山联系。当晚，李当正去拜访市建委的一位老朋友。双方寒暄，谈了一些别来无恙的客套话后，李当正便转入正题，问："市建安公司下海分公司的资质怎样？几类？"

老朋友略沉思片刻问："你为什么突然问这个问题？"

李当正笑着回答："有人想找这间公司承建工程。"

"原来是这样。我还以为你是市纪委派来调查什么违纪问题的。"老朋友也笑着说，"你知道，市建委下属九间公司，市建安公司是其中之一。各公司只有驻外地的工程队，为便于招投标工程,才成立分公司。在本市内不设分公司,只分工程队。你说的市建安公司下海分公司,可能是某个包工头挂靠的私人公司。下海是后海区的一条街道名称。一般民房可找他们,大工程最好不要找他们。这其中的许多问题,你比我还清楚。"

老朋友谈到这里,李当正已达到想了解的目的了。于是,他顺着老朋友的话题转入到有关建筑行业一些不正之风。两人谈了近一个小时,便握手话别。

回到枫叶国际酒店,李当正便将了解到下海分公司的情况,同龙大河交换意见。两人决定:明天约大山一起回正街老屋看看。

翌日,龙大河和李当正回正街老屋,老远就看见包经理和龙大山站在门外等候他俩。

"哎呀,龙董、李局,你们回来也应事先给我一个电话,我好去接你们嘛!"包经理上前分别同龙大河和李当正热情握手,嘴里大声地说着。他上前两步,用粗大的右手掌拍打三下李当正的肩头,表示亲热。其实,他并不认识李当正。只听龙大山说过有一个当官的妹夫。他掏出一包精装"555"牌香烟,抽起二支,一高一低,双手递到李当正面前。李当正摆摆手,说:"我不抽烟,谢谢!"包大石笑了,收回香烟。

"开工啦?"龙大河一边往工地走,一边问。

"我们看过日子才开工的,一定大吉大利!"包经理误会龙大河问话的意思。

包经理领着他们三人到一处倒了二三十厘米厚的地基察看。李当正指着一处基坑问:"挖多深?"

"八九十厘米,不,有一米。"包经理不假思索地回答。

包经理说着话时，李当正已跳进基坑里。他先用手丈量基坑深度，然后伸高左手问包经理："拉尺！"

包经理扭身转头，大声叫喊："拿卷尺来！"

李当正接过拉尺，拉直，用脚踩住一头，然后往上拉，丈量基坑深度，读出数字："六十五厘米深，哪有一米？"李当正正视着包经理。

此时，包经理心有点儿慌乱，蹲下肥胖的身躯，争辩地说："我们是按设计图纸要求做的。不是挖到沙层吗？"

李当正蹲下身子，抓起一把沙子，伸到包经理面前，说："你仔细看清楚，这是什么沙子？"

包经理从李当正手掌中揭取一些沙子，细看一下，自言自语道："河沙。"

李当正从基坑中爬上来，拍打干净手上的泥沙，严肃地说："以前这里是海边，所以，设计图纸要求基坑要挖到见海沙。河沙是后来盖房子时，从福建河拉来填高的。海沙细、白，河沙粗、黄。我是在红坎长大的。读高中时，每年暑假都会到福建河担沙卖。你蒙骗得了我！万丈高楼从底起，基础不牢固，怎成？你知道，我们的房屋是六层基础。"说到这里，他转身问龙大河："大河哥，你是法人代表，怎么办？"

龙大河被激怒了，双眼直视包经理，斩钉截铁地说："返工！"

此时，龙大山走到包经理身后，用右手食指捅一下包经理的大屁股。包经理会意，马上回答："听龙董的，返工！"

三人检查完整个工地后，即离去，留下包经理同他的工人们。

回到酒店后，李当正同龙大河商量如何监管工程一事。

"大山在这里,叫他每天来监督。"龙大河不假思索地回答。

"大山哥要来,也应该来!但他来不一定顶事。依我看,还要找其他人。"

"叫韩朝来,他工作认真负责。"龙大河提出。

"韩朝认真负责,不一定监督好工程的事。这里有许多专业知识。"李当正严肃地说:"要监督像包经理这种包工头,一定要请监理部门的人。"

"要支付报酬的。"龙大河用商人的眼光看问题。

"支付报酬也要请。否则,任由包经理这样干下去,今后损失会更大!"李当正斩钉截铁地回答。

"好吧!我听你的。下午我给陈亚太打电话,让他帮我们推荐一名监理工程师。"

隔天,龙大山去工地游转一下。包经理见到他,用略带晦气的口吻说:"我如果知道你有这么一个利害的妹夫,我就不承建你这幢房子了。"

龙大山马上回答一句:"鞭长莫及!"

包经理心领神会,微微一笑。

三天后,龙大河、龙大山、李当正和监理工程师杨中坚一起到工地。包经理接到电话,早早来到工地,并在门前等候。进入工地现场,龙大河向包经理介绍:"这位是我们甲方聘请的监理工程师杨中坚。今后,工程进度,施工质量等等问题,乙方必须接受杨工的监督。"龙大河话音刚落,包经理微笑着,上前热情地同杨工握手,并说:"我们认识。"

杨工连续几天,每天白天都到现场查看两次。工人按设计图纸正常施工，没有发现什么异常问题。依他多年的监理工作经验，和对包经理为人的了解，报价这么低，不出猫腻，是不可能的。唯一合理的说法是，包经理同甲方龙局是"铁哥们"，收一半送一半。建筑行业是一辛苦行业，"做工揾食"，人人皆知，收一半送一半是不可能的，充其量给个折头。按工程进度，今晚将加班倒完地基框架基础工作。十一时多，杨工悄悄来到施工现场。灯火通明，搅拌机轰隆，人影晃动，一派紧张劳动场面。杨工走到堆放废弃水泥包装袋前，顺手拿起一水泥包装袋细看，不寒而栗。所用水泥竟然是300标号的！而且是一间小厂生产的杂牌货！他再弯身翻看，各式各样的水泥包装袋都有，牌子三四个，显然是散装水泥。他急匆匆走到搅拌机前，大声地对正在工作的工人命令："停机！"

工人拉下电闸，搅拌机慢慢地停止滚动。工人问："什么事？"

"你们用的水泥是多少标号的？哪个厂子生产的？"

"不知道。"工人回答，"包老板运什么来，我们就用什么。"

"难道你们不知道倒基础的水泥是500标号吗？你们现在使用的水泥全是300标号的散装水泥！"杨工质问。

杨工环视一眼工地，问："包老板去哪里了？"

"不知道，这几天他好像都不来。"

杨工立即给包经理打电话。包经理的回答很轻松："我出差在外地。回去后，我查明情况后会处理的。"停一会儿，他转换口气对杨工说："杨工，你知道，搞建筑很辛苦，揾食艰难。只此一次，下不为例！请你高抬贵手，多多包容。回去，我请你吃饭和卡拉OK。"

杨工明白，现在跟他再讲什么都没用，唯有马上停止施工。已经倒了基础的水泥是多少标号的，他也查看不出来。他再次来到水泥袋堆查看，清点，今晚大约用了二十多袋。他给龙局打电话，已关机。唯有明天反映情况了。

翌日，杨工比平日提早半个小时到工地。进门，他就看到龙局正同包经理商量着什么。他们二人看见杨工来了，马上迎上前，异口同声地说了这么一句："杨工来得真及时。"这完全出乎杨工的意料，因为他今天还未给龙局打电话。

不等杨工开口，龙大山抢着说："我让包经理把昨夜倒的基础混凝土全部挖掉，用500标号的水泥返工。"龙大山指着基坑说："好在不多，只有十几二十袋。"

包经理接过话说："我们照办。"

杨工什么话也不说。甲方已明确表态了，他还能说什么呢？

一个月后的某天早上，龙大河分别接到龙大山和包经理的电话。他们两人分别这样说：

"你赶快回来接受罚款吧！"

"你赶快来商量工程如何继续下去。"

接到这样的电话，龙大河心里十分不悦，但他还是冷静处理。首先，他给广州的冬兰打电话查问："账上还有多少资金？"

龙冬兰负责祖屋重建的会计和出纳工作。按照财务规定，一人不能身兼两职。但作为家庭内部的事，并经众人一致同意，她也欣然接受了。来往数目不多，她翻开账本，一目了然。

"一千三百二十七元。"她向二哥龙大河报告。

"钱到哪里去了？"

"有人不按工程进度交钱。"

"谁？"

"大哥一分未交，三哥只交了一万元。按他们认购的股权，他们每人应交六万元。"龙冬兰尽职尽责，如实报告。最后她建议："应该催促大家交第三期工程进度款了。"

"好！你马上给每人发一短信，说重建工程已到第三层的横梁了，工程快完工了，每人按占有股权份额交足款项。否则视为放弃股权。"龙大河立即作出处理意见。

"要不要用这么硬的口气？"龙冬兰提出疑问。

"要！"他边说边收拾行装，赶着回红坎。

入住枫叶国际酒店后，龙大河约龙大山和包经理立即前来808房。大家见面后，即进入实质问题的谈话。

龙大河首先责问自己的弟弟："我要接受什么样的罚款？"

龙大山没有回答。

龙大河发火了。"我让你监管工程，你却让我接受罚款。从何说起？什么道理？"龙大河站起来，双眼来回扫视着龙大山和包经理。

包经理比较沉静，拉龙大河落座，皮笑肉不笑地说："发火伤身体，有话慢慢说。"他瞄一眼龙大山，说："我没有跟龙局详细说清楚，所以，龙局向你龙董传达时把话说重了。事情是这样：按我们签订的合同，不按工程进度付清款项，超过五天，甲方就要按乙方借贷利息支付给乙方。"

龙大河一时想不起，问："有这条款项吗？"

包经理指指龙大山，说："你问龙局。"

龙大山低声回答："是有这么一条。"

龙大河无话可说。他问包经理："你们乙方的贷款利息是多少？"

包经理不紧不慢地回答："你不知道，我们这些小建筑公司揾食艰难，银行不放贷给我们。我们领到工程后，只有向私人或借贷公司求助。因为我们没有抵押物，利息比银行正常利息高出好多倍。"

龙大河问："高出多少？"

包经理作苦笑状，回答："不说你不知道，说出吓你一跳。"包经理伸出两个手指。

"二分息？"龙大河问。

"二分息？如果是这样，我也不叫你回来了。"包经理有意停顿一下，加重语气说："年息二十分！"

"打劫！"龙大河跳起来。

"你不信，问龙局。我向借贷公司借款时，龙局也在场。"

三人沉默不语。

约过了十多分钟，龙大河问包经理："你到底要多少？"他心里明白，从签订合同之日起，他就上了贼船。现在为时已晚了。

包经理此时露出愉快的表情，说："也不是我要你的。借贷公司要我多少，你就支付给借贷公司多少。我这个人做事很公道，我只收工程款，多一分钱也不要你龙董的。"

谈话到这里，再争吵也没用。龙大河只有吞下这个死老鼠了。他问："拖欠你多少工程款？拖欠多长时间？"

包经理一字一板地回答:"钱不多,十八万五千元。一个月十三天。"说到这里,他伸手从黑皮包里拿出一张便笺,递到龙大河面前,"具体数字都写在这上面了,请你仔细审阅。"

龙大河忍声吞气,接过包经理递过来的便笺,没有马上看,对包经理和龙大山说:"坐车疲劳,我想休息一下。今天就谈到这里。"说完挥挥手,让他们两人离去。

经过大约一个小时的休息,龙大河恢复精神了。此时,他想到杨工。于是,他拨通了杨工的手机,"杨工,你好!辛苦你了!"

"龙董,你好!什么时候回来的?"

"刚到一会儿。出来一起吃晚饭吧。"

"家里来了亲戚,去不了。多谢啦!"杨工说到这里,略停顿一会儿,用歉意的口气说:"有件事我还没跟你讲。"

"什么事?"

"单位要我回去帮忙整理资料,我忙不过来,所以,我去不了你们工地帮忙。我已经跟龙局讲了,想必他已跟你讲了。"其实,这些理由都是他编造出来的。他看出龙大山和包经理两人的关系非比寻常。广东谚语有讲:日防夜防,家贼难防。他不想介入进去,所以,他辞了监理这分工,在家修身养性。

"单位工作比我们私人的重要,我遵从你的决定。"龙大河找不出挽留杨工的理由,只能顺其自然了。

龙大河放下杨工的电话,马上给儿子永福打电话,让他立即划拨二十五万元给龙冬兰姑姐专用账户,作为他投入祖屋重建的专项款项。同儿子说完,他又给冬兰打电话,叮嘱她筹集好资金,好随时同包经理结清工程款。有关事情待开家庭会议再讲。

处理完上述几件事后,龙大河仰倒在床上,深沉地叹了一口气,望着天花板出神。

十三、又是清明时

又到清明祭祖时。今年的清明,龙家依然回红坎扫墓祭祖。但今年不同往年,他们打破了几个惯例。

第一个,往年都是提前一个星期回红坎扫墓祭祖,今年却决定四月五日清明节这一天。四月四日,他们按事先约定,从各自居住地返红坎,当天晚上集中在枫叶国际酒店吃晚饭。"清明时节雨纷纷,路上行人欲断魂"。今年路上没有下雨,却是汽车排成长龙。深圳、广州、佛山三路人车,到四月五日早上九时才陆陆续续到齐。清明当日肯定不可能扫墓了,只好推迟到四月六日。

第二个,大家姐龙红梅患病住院,今年回不来了,大姐夫易中和也肯定不回来了。清明祭祖少了一个领头人。

第三个,上墓地不再披荆斩棘和派人开路,很轻易就找到自家祖坟了。因为当地农民已经开发到这座山头了。开荒种地的成庄稼地，盖房子的成农家庭院，明年，或者后年就迫近龙家祖坟了。

　　第四个，最让龙家人气愤、伤心的事是：拜祭完祖坟后，全家人浩浩荡荡回到正街，却有屋不能入。面对一幢三层高、气派非凡的洋楼，望楼兴叹！

　　话说当天中午，龙家五辆小车靠左长长地停放在正街上。一行人先后下车，自动地站立在街的另一旁，仰望对面一幢品格独特、豪气、漂亮的三层小洋楼。三楼顶晒台临街一面，围墙高一米二三，绿色琉璃瓦房檐飘逸而出，气势不凡。二、三楼各飘出的大阳台，一米多高的青瓷竹节式栏杆，生气清新。洋楼正面墙体从上至下全贴米黄色瓷砖。阳光下，熠熠生辉。楼下全开的大门面。朱红大门，外装不锈钢拉闸，双重把守，严密安全。大门外，一百七八十平方米空旷地，水泥铺设地面，可做停车场，开阔实用。东西两围墙根下，各留有五十厘米宽的空地做花圃之用。未种花木，但有三几丛杂草长出，显示出一些生气。临街一面，两边各砌有一人多高的围墙，墙顶绿瓦覆盖，既可防水，又美观大方。围墙与围墙中间是两扇二米多高，三米多宽对开大铁门，将小洋楼与正街隔开。大铁栏门中间镶嵌二十厘米直径的大园铁盘、左右各饰予狮头，嘴含吊环，做开拉大铁门之用。最东面，开有圆拱小门，供行人出入之便。不锈钢门。真是一幢气势不凡的小洋楼！

　　龙大河站立众人中间，洋洋得意地对大家说："瓷砖全部都是我亲自到佛山陶瓷厂订造和挑选的。当下最出名的鹰牌。大铁门是我到红坎五金厂专门订制的。"

"真漂亮!"

"有气势!"

"好派头!"

龙家人赞不绝口。

"你们为什么还不进屋呀?"龙家小孩子们等得不耐烦了,高声叫喊起来。

大人们这才从兴奋中醒悟过来,同时喊出:"入屋去!"

于是,众人跨过正街,拥向圆拱小门。不锈钢小门被人从内锁死了,大家转身蜂拥向大铁栏门。大铁栏门被人用大铁链缠绕三圈,一把大铁锁把守。推也推不动,别想打开了。

"大河!怎么回事?"众人齐声质问。

龙大河立即给包经理打电话,关机了。此时,他只好对大家解释:"前天我回红坎前就给包经理说清楚了,我们明天回红坎清明拜祖,到时候我们大家回新屋,让他这几天派人在新屋开门,等候我们。当时他满口答应,现在打电话关机了,人也找不到。"

此时,破口大骂者有之;摇头叹息者有之;暗自伤心者有之。总之,五味杂陈。在众人中,龙大河最气愤不过。他大声责问龙大山:"这到底是怎么回事?我们龙家的福气都被挡在门外,断了!"

"你问我,我问谁?"龙大山反驳,紧接着他又补充一句,"包经理不应该这样做。"

于是,众人在龙大河指挥下,黯然伤心地返回枫叶国际酒店。可想而知,这顿清明大餐吃得毫无滋味。

话说这边龙家人在欣赏、赞美小洋楼时,那边街坊邻里三三二二围成一帮,远远观看,指指点点,窃窃私语。他们不明白,龙家人为什么不进入新屋?可能,在今后一段时间里,这将是他们茶余饭后的话题。

当天晚上,惯例开家庭会议。八时整,各家主要成员集中在龙大河入住的房间。今晚主持会议的是龙大河。

"今晚不是开家庭会议,是开股东会!"龙大河首先说明会议性质。

众人互相观望,默默无语,气氛严肃。

龙大河继续说:"今天大家亲眼看到了,品尝到了,有屋不能入的滋味!为什么?因为包经理耍流氓,戏弄我们龙家!他为什么胆敢这样做?原因是多方面的,其中有一条,他认为我未同他结账。"龙大河没有推卸责任和担当。"我为什么不去结账?一是我没钱去结账,二是我不想马马虎虎地结账,有些事我还未了解清楚,或者讲,有些工程和项目不是我签字的,我不认账。"说到这里,他把目光久久地停留在龙大山身上。众人也跟着把目光盯在龙大山身上。龙大山淡定自然。龙大山当局长在大会上骂人时,多少双目光专注地盯着他。对于这些,他习以为常了。

突然,龙大河把话题一转说:"你们大家讲,你到底认购多少股权?要不要出钱?"

"我按通知,交了三十八万。"龙秋菊马上回答,"谁还欠钱?冬兰,你是会计兼出纳,你讲。"龙秋菊转身对着龙冬兰。

龙冬兰迟迟不回答。她前一段时间将自己已入账的那十七万元拿去炒股,被套在股市里。只有回去后斩仓出局,将钱填补回来。

龙大河对龙冬兰说:"你将各人出资数目公布。"

龙冬兰只好慢吞吞地回答:"我没带账本出来,只能根据我的记忆讲,可能有出入。"这样说一番后,她才转上正题,"红梅大姐十七万元,大河哥五十万元,大山哥好像是一万元,秋菊姐三十八万元,我……十七万。大概是这个数目。"

此时,众人把目光专注在大哥龙大海身上,希望他起到大哥带头作用。父母不在,长兄为父嘛。龙大海感到身体一阵热辣辣的。但他见多识广,转而神情淡定。他先干咳二声,才缓慢地说:"我对祖屋重建一事,态度历来很明确。祖屋一定要重建!这是关系到龙家声誉问题(重弹老调)。但也要从实际出发,因人而异。我几十年前就安家在北京了,回红坎要几十平方米的房子,意义就不大了。为了留一条根,我认购祖屋的百分之五。前段时间因为出国探儿子,也不怎么过问祖屋重建事,所以没有交钱。要交多少,冬兰你给我发个短信,我回北京邮汇给你。"他环视众人一眼,然后拍打一下坐在他身旁的龙大河,笑着说:"法人代表,我不会占你们便宜的。"

大家抿嘴一笑,唯独龙大河不笑,因为他还未领会到大哥这最后一句话的含义。在后来一次又一次矛盾冲突中,他才真正体会到这句话的含义:他是以大哥的身份来占大家的便宜的。

"大山,轮到你表态了。"龙大海转移众人对他的关注,对龙大山说。

"好!大哥叫我讲,我也表个态。"龙大山沉着、老练、慢条斯理地说:"我同意大哥的意见。我虽然在红坎生活居住,但我也不需要祖屋的房子。公家已经分给我一套一百四十多平方米、四房二厅的大房子。我住得很舒适。我跟大家一样,留一条龙家的根,我也占老屋的百分之五吧!我交钱少了一些,(何止少了一些!)不足部分马上补上。"说到这里,他突然把话题一转,转到商品房上去了。"你们知道目前红坎的商品房市道吗?我估计你们都不知道。别的区域不说,说我们正街的。春景商品房从最初开盘时的二千三百八十元一平方米,现在降到一千九百八十元一平方米。如果有关系,还可打折,打个八五折,不到一千七百元一平方米。大河哥,你们三人购买刘洋的破房子是十八万元。如果拿这个钱去买春景花园商品房,可买一套一百多平方米商品房。大河哥,你是大老板,会计算。所以,我不参加你们购买刘洋的房屋。总之一句,我没钱买房,也不是时候买房。楼价天天跌。"但他没有将祖屋重建的土建造价说出来,是他心中有鬼,他怕触动龙大河的神经,跳将出来,揭他同包经理的老底。他知道龙大河迟迟不结账,就因为龙大河还在调查此事,所以,他才将矛盾转移到商品房上来。

听后,龙秋菊笑着对龙大山说:"大山哥,你是精明人,会计算。聪明反被聪明误,恐怕你以后会后悔的。"

龙大山哈哈大笑,回答:"细妹呀!红坎不同深圳。深圳是经济特区,一线大城市,红坎是三线小城市。你当工人的退休金比我当局长的还高许多。怎么比?比什么?膝盖对上就是大腿(比),是吧!"

龙秋菊回答:"经济是波浪式发展的,楼市也是一样。总之,日后你不要反悔就得了。"

龙大山拍着胸脯对众人说:"我龙大山绝不后悔!难道我当局长的智商比不上工人,看不清经济形势的发展?"龙大山出言不逊,傲气十足。

龙冬兰听到这里,心里很反感,但又不好反驳他,于是笑着说:"大山哥,现在楼市、股市大跌,正是买入抄底的好时机。"

龙大山马上高声地回答:"我打牌炒沙蟹!"

众人哄堂大笑。

龙大河看下手表,对大家说:"不要吵闹,快十一点了。大家都表态了,就这样决定下来,以后不许再反悔:大海、大山两人各认购祖屋5%的股权,不参与对刘洋房子的收购和联建。秋菊认购联建后整体的20%股权,冬兰认购联建后整体的17%股权。红梅大姐今天不来,但她已表态了,她只认购祖屋的18%股权,也不参与收购和联建。剩下的全部由我包,我就做一次大闸蟹吧!"

众人又一次哄堂大笑。

众人笑后,龙大河继续说:"我们祖屋的地皮面积和刘洋家的地皮面积刚好一致,各占一半。所以,联建后的建筑面积也一样,好计算。到底是多少,回去我找设计图纸按图计算,就一目了然了。到时,我将计算出来的数据用短信形式通知各人。"他说到这里,加重语气说:"眼前重要的是:按认购的面积交钱!你们不交钱,我没办法同包经理结账!不结账,他就一直把房屋锁起来!"他停顿好一会儿,觉得没有什么要说的了。"今天会议到此结束,散会!"

龙大河的话音刚落，李当正即站立起来，大声地说："慢点儿！大河哥，要不要搞个文字东西出来？日后也有个依据。"他是经验之谈。

龙秋菊和龙冬兰齐声回应："是呀！"

"要！你现在就起草，读一下，通过。"龙大河觉醒，立即表态。

于是，众人留下，一对对地窃窃私语，也不知各人谈些什么。

李当正不愧为大手笔，一刻钟工夫，即把文稿写好。他将文稿递给龙大河。龙大河不接，说："你读，让大家表态通过。"

李当正轻微咳两声，开始有板有眼地读起来：

会议纪要

重建祖屋董事会于二〇一〇年四月六日晚，在红坎市枫叶国际酒店八〇八房召开会议，经充分讨论、协商，决议如下：

一、再次确认房屋股份认购：龙红梅认购原祖屋的18%，龙大海认购原祖屋的5%，龙大山认购原祖屋的5%。上述三人均不参与正街三十六号房屋的收购和三十六号、三十八号房屋的联建部分。龙秋菊认购联建后整体房屋的20%股权，龙冬兰认购联建后整体房屋的17%股权。除上述五人认购的股权后，剩余下的股权全由龙大河承包认购。

二、各人认购股权应占联建后房屋的准确面积，由法人代表龙大河按设计图纸计算出来后，用短信形式通知到人，并记录在案。

三、凡资金未到位的股东，必须十天内，按应缴资金邮汇到指定账户。否则，视为放弃认购的股权。

四、本会议纪要视作补充协议执行，同第一次协议具有同等法律效力。

公元二〇一〇年四月六日晚
出席会议人员（签字）：

李当正读毕，大家鼓掌通过。

"回家睡觉！"龙大山第一个站立起来。

龙大河大声说："慢点！我还有几句话讲。会议纪要通过了。这样，当正你再辛苦一点，明早八点到酒店一楼接待处联系，让酒店打字员打印，一式六份。然后，你将打印文稿送酒店二楼餐厅，让各人签字。我们大家在那里用早餐，等你。就这样，散会。"

李当正认真负责。第二天七点四十分就到酒店一楼接待处联系，八点十分打字员才来。八点四十分，他拿着打印好的文稿跑上二楼餐厅，龙大河迎着他说："大海已经飞北京了。他早晨五点钟才给我打电话，说他七点半班机，早早走了。大山呢，打手机关机，打家里电话无人接，不知他去哪里了，现在连人影也找不到。这样吧，我们三人先签，以后让他们补签。"说到这里，他拍打李当正肩头几下，"你辛苦了，快吃早餐。"

李当正无可奈何，摇摇头，找位置坐下，吃早餐。

十四、快刀斩乱麻

龙大河做完清明返佛山，翌日一大早，即给包经理打电话。包经理在睡眼蒙眬中打开手机，也不看来电显示，即大声叫喊："谁呀？"因为昨天中午，他已接到龙局电话，知道龙董已返佛山，三几天内也不会找他了。

"包经理，你真是日理万机，好难找呀！我是龙大河！"龙大河通报姓名。

"龙董！"包经理吓了一大跳，"龙董，有什么事吗？"

"我想同你结清工程款，把房屋大门锁匙交给我。"龙大河明确表态。

"什么时候？是现在，还是……"

"后天，我到红坎去。"

"哎呀！我今天一整天都在红坎，明天又要出差到外地领工程了。"说完他也不等龙大河回答，即关了手机。

"流氓！"龙大河大骂一句，也只好关闭手机。

此后一连七八天，他不断给包经理打电话。有时打通了，不接；有时关机。龙大河无可奈何，只有暂且放下不理。

一天中午，龙大河的孙女小清放学回家，在家大门缝隙处捡到一字条。字条上写着："我知道你家的地址和家庭电话，更清楚你家有几口人。请注意安全，小心点！"

小清看了，不懂字条上写的意思。她快步走进客厅，把字条交给正在看报纸的爷爷，说："爷爷，有张字条，不知道是谁写的。放在我家大门口。"

龙大河接过字条一看，不禁大吃一惊，脸色瞬时发白。这是一封恐吓信！

家人见龙大河看了字条后脸色突变，恐怕不是好事，急忙围拢过来。龙大河将字条递给儿子永福。永福看后也神色惊慌，问："谁写的？"

龙大河稍做镇静后，说："从字迹上看，不是包经理写的。从内容上看，是他指使人写的。"

"要不要报警？"龙大河妻秀梅问。

"暂时不要报警。"龙大河回答。"谅他也不敢怎么样，无非是迫我认他那笔账。"他站起来，边走向饭桌边说："吃饭。看他下一步怎么样，再做处理。"他安慰家人。

"他怎么知道我家住址呢？连哪一幢几层几号门都一清二楚？是谁告诉他的？"陈秀梅仍不安心地问。

"不就是你的细叔！还有谁？"龙大河肯定地回答。

第二天一大早，龙大河家电话连响三四次，每次拿起话筒，停留三四十秒，没人说话。中午，孙女小清放学回家，又见到门缝隙处放着同昨天一样的字条。

龙家人十分恐慌，围着团团转。

龙大河经过一夜的思考后，今天反而镇定了许多。他用手机给弟弟龙大山打电话，"大山嘛，吃中午饭没有？"

"还没有，我正在南华广场花圃内打牌。你是不是请我去枫叶酒店二楼餐厅？"龙大山可能赢钱了，十分高兴。

"我正在公安局大门口等你！"

"什么事？等一等，先不要派牌。"龙大山正在指挥牌友。

"你告诉包经理，叫他不要来这一套！我住宅小区大门口装有监控镜头。我们解决办法只有两条：一条公平合理结账；另一条法院见。"龙大河说完立即挂断电话。

下午，龙大河去市委部长楼探望大姐红梅夫妇。他先将枫叶酒店开会情况向大姐和大姐夫易中和通报，然后将这几天发生的恐吓信情况讲了一下。"你看，我这样处理可以吗？"

易中和听完后，沉思片刻，说："你这样处理未尝不可。包经理是要你的钱，不是要你的命。谅他对你也不敢怎么样。无非是恐吓一下，好达到他的目的。"

"我什么时候去红坎同他结账？"龙大河问。

易中和没有马上回答，他在思考派谁去更合适。随后他说："你同包经理之间矛盾太深了，不易谈得来。同时，对包经理这种包工头，要讲究方式方法。让当正去怎么样？"作为主管组织工作几十年，他对干部、对人有一种特殊洞察力，做到知人善任。

"最好不过！"龙大河马上表态。他如释重负，心头一块大石终于落地了。

话说李当正接到连襟易中和的电话后，当天即赶往佛山。晚上，他如约同易中和、龙大河二人在他入住的酒店房间见面，商谈。他得知自己的任务后，深感压力，半天也不开口说话。在任上，他同包工头打交道不少，深知他们的个性和作风。他们当中大多数人头脑灵活，思想解放，脚踏实地，艰苦创业，打拼出属于自己的一片天下。但也有少数人，开奔驰车，借钱加油，装门面，摆威风。平日靠吹，靠骗，靠弄虚作假，靠扛炸药包（即行贿）找工程。他们当中极少数人心毒手狠，什么事都做得出。遇到这种人，确实要打醒十二分精神，同他们周旋。

"当正，你怎么不说话？"龙大河问。

"你身边有设计图纸和工程结算书吗？"李当正问龙大河。

"有。"龙大河马上从自己的手提袋里取出一叠材料，交给李当正。李当正接过材料后，问易中和："除我一人之外，还有谁去红坎？"

"你同大河二人。"易中和回答。

"我想再增加人。"李当正说，"谈判，一定要在人数优势上压倒对方。包经理实际上就一人，他手下那些人都是临时招来的农民工。所以，我推想，谈判时只他一人。"

"你想增加谁？"龙大河问。

"大山和士元。"

"大山同包经理同穿一条裤子，他不能参加谈判。"龙大河马上反对。

"大山在红坎，又是甲方成员，于情于理他都应参加。如果他真同包经理同穿一条裤子，在谈判过程中就会暴露出来。怕什么！"李当正说得很正确，龙大河也不得不接受。李当正继续说："谈判时，大河哥不能参加，因为你同包经理矛盾太深了。你可在另一房间看电视，有什么情况我可随时同你联系。我这个安排怎么样？"李当正望着易中和。

长时间不说话的易中和终于开口："这种安排很好，我同意。我马上给士元打电话。"说着，他拨通电话。十分钟后，他挂断了手机，说："士元同意，但他要到明天晚上才能去红坎。"

于是，易中和与龙大河离开酒店，留下李当正一人静心看材料。

翌日下午，龙大河和李当正乘搭长途大巴到达红坎。他们还是入住枫叶国际酒店，但两人分开，一人一房间。"晚上，你一人吃晚饭，我要去拜访一位朋友。"李当正对龙大河说，接着他又补充："吃完晚饭后，你用手机分别给大山和包经理打电话，约定他们明天上午九点准时到808房结算工程款。"酒店808房是龙大河回红坎必住的房间。但这次，是李当正入住，龙大河住到九楼去了。这些细节都是李当正安排的。

李当正入住房间，清洗一下头脸后，即给陈亚太打电话："陈经理，我又来红坎啦。今晚有时间吗？我们见个面吧，很久不见了。"

"好呀！我也想见见你。"陈亚太爽快答应，并约定当晚七点在海滨宾馆中餐厅308房相见。

李当正为什么要一人去见陈亚太，而不约龙大河同行呢？

两年半前,陈亚太带三队长投标祖屋重建工程被粗暴拒绝,李当正恐陈亚太心有介怀,双方交谈不欢畅。况且,他今晚同陈亚太主要是交谈工程结算事宜,二人交谈,陈亚太会更爽快直白一些。

李、陈二人如约见面,寒暄一番后,分别落座。

"李局,你今次返红坎,是受命而来吧?"陈亚太笑嘻嘻地问。陈亚太满脸胡子拉碴,高鼻梁,长脸,唇红齿白,说话爽快。

"你真是诸葛亮再生,未卜先知,料事如神。"李当正笑着回答。他们两个平日交谈也喜欢直来直往,毫无戒心,成为莫逆之交。

"我虽然做不成龙家的工程,但也会关心一下的,毕竟我同龙大河有亲戚之缘嘛。先点菜,我们边吃边谈,"于是,陈亚太招来服务员,也不看菜谱,随口说几个菜。"就这些,下单。"

"是这样。"李当正边吃边从手提包里取出一叠材料,递给陈亚太,"你先翻阅一下。我今晚约你相见,就是向你请教。"

陈亚太放下手中筷子,接过材料,先浏览一下承包合同,再认真看工程结算书,驾轻就熟。这些都是他平日的工作。不到一刻钟,他把材料交还给李当正,说:"合同没什么大问题,就是报价太低。报价太低,必然会出问题。他总不能带钱来给你做工吧!所以,合同有一条:不按工程进度付足款项,逾期四天以上,就按乙方贷款利息支付本息。最要命的就是这一条。所以,包经理漫天要价,狮子开大口,就是紧紧抓住这一条。"

"我已注意到这一条了,我有办法控制在一个合理的范围内。"李当正插话。

"结算书中有几个不按设计图纸施工的工程,不是增加项目,就是改了拆,拆了改,反反复复施工。比如,后进中间一道承力墙,砌到二楼了,又从一楼拆到二楼,后来发现不对,又重新砌回,浪费材料,增加工时,哪有这种施工方法?明显是造假。但龙大山现场监理,签名同意。这些都是问题。再有,建材规格、型号、厂家,等等这些问题,只有现场监理才能发现问题。现在也只好由他说了算。要发现问题,还得到现场仔细调查取证。但房子已经市有关部门验收,签发了验收合格证书,即使有问题,现在也难同包经理对质。"说到这里,陈亚太摇摇头,"就按刚才我说的这几点,认真考虑,作出应对办法吧。"

李当正边听边简单记录。

陈亚太又说:"上了贼船,想办法赶快下船吧!吃亏就吃亏一点,花钱买教训。"

"我也是这样想的。"李当正停止记录,收起笔和记事本。"最要命的是有人暗中配合包经理,龙大河也有难言之隐呀!"

"有件事我跟你说说,就不要对大河他们说了。"陈亚太接过李当正话题,压低声音说:"前一段,我们三队长从市建委一位科长处得知,十几年前,包大石就同龙大山勾结一起,承建后海区二轻局干部宿舍大楼。三年新楼就出现地基倾斜,市建委纪检组收到不少检举信件。建筑档案丢失,因查不到证据,也就不了了之。龙大山同我是同学,我对他最了解。三个字:私心重!"

临结账时,李当正又提出一个问题:"有一件事,我差点儿忘记问你了。"

"什么事？"

"就是借用春景花园高压线路一事，包经理收了我们五万元借线费，龙大山签字认可。借线是事实，但要不要收五万元？我一直持怀疑的态度。"

"这事很容易查清楚。"陈亚太笑着说。于是他掏出笔记本，查找一会儿，打开手机，对着笔记本，按下号码，即时打通，"杨老总，你好！我请你吃饭？你都不赏脸。什么时候有空，我们找个清静地方叙一叙。……没什么重要事，有一件小事，我想问一下，包大石在你春景花园附近承建一民房工程，借用你们的高压线路，有没有这么一回事？"

"是这么个小事嘛？有！也是事后电工班长告诉我的。电工班长当时还问我，要不要收包大石借线费。我当时答复：大家都是同行，借用时间不长，不影响我们用电，就不要收钱了。我还明确表态，此事由电工班长处理。有事吗？"

"没事，没事。"陈亚太忙表态，"我有个朋友，准备在正街建一小楼，也想借用你的供电线路，叫我问一问。"

"你来借，可以！别人借，你就不要管了。"

至此，双方都关停手机。

"谁的电话？"李当正问。

"你认识，杨中坚的电话。"陈亚太回答。"有一次，我同他交谈时，无意中提到你，他说你帮助过他。"

李当正略加思索一会儿，笑着说："我都忘记了，他还记得。十多年前某一天，他去深圳找我，说想调到深圳工作。于是，我带他去见一位领导。那位领导听了他的陈述后，表示可以要他，但要通过组织联系。他回去后就没下文了。"

陈亚太接着说："他回红坎后，去找一位市领导，提出调动要求。这位市领导不仅不同意，还批评他，说他好高骛远，不安心工作。他一气之下，辞官下海。当年在红坎市轰动一时。下海初期，他来找我，我介绍两单小工程给他做。后来，他成立中坚房地产开发公司。沙头角春景花园小区项目就是他开发的。"

"包经理借他高压线路，给他多少钱？"李当正问。

"杨中坚没有收包经理的钱。包经理给电工班长通融费，是可能的。给多少就不知了。我估计也就是三五千元，不会很多。"

吃完晚饭后，陈亚太开车送李当正回枫叶酒店休息。

晚上，李当正睡在床上，思考着明天如何同包经理谈判的策略和方法。成功的谈判取决于了解自己的底线。自己的底线在哪里？如何出其不意，给包经理一个下马威？……他苦苦思索着，到下半夜一点多钟才昏昏入睡。凌晨五点多，林士元赶到。他被叫醒，再也不能入睡，双眼注视着天花板，继续想着今天谈判的对策。

早上八点，李当正下到二楼餐厅吃早餐，顺便买了几个包子给林士元。他回到客房，不大一会儿，门铃响了起来。打开房门，原来是包经理和龙大山两人。两人满面春风，洋洋得意，有说有笑地走进客房。今天，包经理又有新的打扮：粗短的上身穿一件白色人造丝T恤衫，粗短的脖子上套着一条尾手指般粗的金项链，即是广东人所讲的套牛绳。下身束一条黑绸唐装裤，脚踏黑布鞋,一身黑社会老大的装束。包大石第一眼看到李当正,心中突兀一下:怎么会是他?但他马上安慰自己:他不是法人代表,不要怕,不会是他的。于是,他强装微笑,同李当正打招呼:"李局是什么时候回来的?"说着,也不理会别人,便径直坐到长皮沙发上。

"昨天。"李当正看到包经理这身穿着,心中不免好笑。这种包工头,他见得多,见怪不怪。出于主人身份,他给包经理斟茶,笑着说:"包经理今天满面春风,特别精神。"

包经理右手中指敲打着茶几,十分高兴地说:"不知什么原因,今天心情愉快,走路也快,也特别有精神。"

李当正给龙大山斟茶时打趣地说:"你们俩像一对恋人,总是出双入对。"

龙大山听出李当正这句话是话中有话,便急忙解释,说:"刚才我进入酒店大堂,看到包经理一人坐在大堂沙发上,我问他,为什么不上去。他说怕影响你们休息。我说,怕什么,我们一起上去。"说完,他环视房间,只见林士元一人埋头吃早餐,便问:"二哥大河呢?"

"啊,他工厂有急事,来不了,让我同士元一起来。"李当正解释。

"你们谈,算不算数?"包经理问道。听说龙大河不参加,他一下子变严肃,紧张起来。

"算数!"李当正边回答边从手提包里掏出委托书和一本银行存折,"这是法人龙大河的委托书,这是银行存折,里面有八十多万元。"李当正说完,即坐到大班椅位置上,使自己处于有利地位。接着，他指指办公台右侧一把折叠椅，说："包经理，你坐到这里来，我们说话方便些。"李当正平日博览群书，懂得一些谈判心理学。

包经理只好缓慢地从大沙发上站起来，坐到折叠椅上。他指着李当正放在办公台面上的银行存折和法人委托书，说："有这两样东西，我就放心了。"说完，他从黑色手提包里掏出工程结算清单，双手递给李当正，"你看看，没问题，我们马上签字。"虽然在倒基础时被李当正批评过，但在他观念里，李当正是个知识分子，没有什么实践经验，对建筑这一行也懂得不多，想必看不出什么名堂来，签字是不成问题。充其量，让个三几千元。

李当正接过包经理的清单，没有马上看，转脸对着龙大山问："大山哥，你看过吗？"

龙大山回答："刚才在大堂时，包经理给我看过了，没什么问题。你看过后，如果认为没问题，就签字给他。"龙大山语调平和，语速缓慢，一副不大在意的神情。

李当正拿着工程结算清单，从头到尾仔细看一遍。这份清单同龙大河交给他的基本一个格式，只不过在逾期罚款的时间延长了很多，因而罚款数目也增加了不少。但他没有马上发表意见，却将清单递给林士元，说："你看看。"

房内很安静。长时间没人说话。包经理有点儿忍耐不住了，问李当正："李局，没问题吧？"

"耐心一点儿，让士元看完后再说。"李当正不紧不慢地回答。他深知，包经理希望他草草看一下，就爽快签字。他要拖延时间，让包经理失去控制力。包工头，十有八九是缺少耐性的。他们的观点是：乱中取胜，快手得食，大胆得食。

此时，龙大山有点不耐烦了，对林士元说："林老师，这不是教科书，不必一字一句地研读。"林士元是广州某中学的数学老师。

林士元读罢，将工程结算清单交还给李当正，随便说一句："计算方法没什么问题，不知事实怎么样。"包经理来之前，李当正已经向他交了底。

此时，包经理探过头去，皮笑肉不笑地对李当正说："龙局看过了，林老师也看过了，都说没问题，我们是不是可以签……"

"好！"李当正拍打着面前的工程结算书，打断包经理的话，说："第一项，你加收我们五万元借高压线路的钱，这到底是你收或是春景花园老板收？"李当正要杀包经理一个下马威，因为这五万元最容易被否定。

包经理振振有词地回答："当然是春景花园老板收啰！你不信，问问龙局。"

"春景花园老板收，为什么没有收据？"李当正追问。

"有龙局认可书呀！"

"我认可。"龙大山平平淡淡地说，"要不就开不了工。"

"我不否定借高压线路的事实。我问的是：春景花园老板有没有收到你五万元？"李当正继续追问。他炯炯有神的双目，专注地盯着包经理。

包经理避开李当正锐利的目光，张开厚嘴唇，嗫嗫嚅嚅地说：

"你不信，可以问春景花园老板嘛。"

"好！我马上拨通杨中坚的电话。"李当正边说边打开手机。

此时，看到李当正这一举动，原来还神气十足的包经理马上心虚，急忙用右手去按住李当正手上的电话，说："不要打了，钱没有给杨老板，我给了电工班长。"他万万料想不到李当正认识杨中坚，而且有他的电话号码。

"到底是给杨老板，还是给电工班长？"李当正继续追问，不让包经理有回旋的余地。

"给电工班长。"包经理中气不足地回答。

李当正陡然站起来，非常严肃地对包经理说："你到底有没有把钱给电工班长？电工班长收了你五万元不上缴公司，杨中坚老板知道了会将电工班长告上法庭。五万元可不是一个小数目，法庭会判电工班长贪污公款罪的。"

"我确实是给电工班长钱的。"包经理低声说道，他已心悸了。

"给多少？"李当正步步紧追，打蛇随棍上。

包经理张开右手五个手指头，说："五千元。"停一会儿，他又说："电工班长是实权派，你不给点儿好处费，他不让接通的。"实际上，他只给电工班长三千元。此时，他多说了两千元。不管怎样，他要捞点儿好处的，更何况，还有龙局也要打点呢。

"你老实说嘛。"李当正坐回大班椅上，随手拿起笔，在工程结算单上，将五万元划掉，改写成五千元。

包经理目不转睛地看着李当正在工程结算清单上画画写写，

内心泛起一阵阵无可奈何的感觉。他自言自语道："我服了你。"

开始谈判时，龙大山还不时在房内走动，有时还会走到包经理的背后，双手轻轻拍打两三下包经理的肩膀。也不明他是什么意思。后来，他索性瘫软在大皮沙发上，闭目养神。但两个耳朵还是竖起细听。李当正了结借高压线路五万元款项后，看到他一副毫不在意的样子，便对他说："大山哥，你过来坐我的位置，审查清单。你经常到工地去，比我更了解情况。"

好大一会儿，龙大山才睁开眼睛，坐直身子，说："我又不是被委托人。你就多辛苦一点儿吧。"显然，他这句话是话中有话的。

李当正说："你、士元和我都是甲方成员，大家都有责任。"为了缓和气氛，他转而对林士元说："士元，你也看过清单了，有什么问题吗？"

林士元从座椅上站起来，走到包经理面前，问："包经理，你向哪间银行贷款，要二十五分年息。银行有这么高息的？"

包经理笑着回答："林老师，你当老师的，这个你就不了解了。像我们这类私人小公司，从国家银行是贷不到钱的。我们领到工程后，就要向小额贷款这一类私人钱庄借高利贷。我们签订承建工程合同中已写得很清楚了，不按工程进度付足款项，逾期四天以上，就按乙方贷款利息支付本息。"说到这里，他喝了一大口茶水，清清嗓子，又接着说："你看得很仔细，真是做老师的料。你提出问题，也不怪你，因为你没有参加我们签订合同时的谈判。有什么事，你问问龙局，他最清楚。"他转身向着龙大山，问："是不是，龙局？"

龙大山马上回答："是！士元，你有什么事不明白，弄不清楚的地方，问我就成了。"此时，他显示出一副大舅佬的神态，想以此压一压林士元。林士元也不同他争辩。

如果按照清单，一条条跟包经理核实，是无法结算的，必然会按照他的套路走。李当正认为应该出手了。于是，他严肃地问包经理："我们怎样结算？是逐条核实，还是大揽大包，一锤子敲定？"

包经理被李当正突然这一问，一下子震慑住，一时无法回答。在借高压线五万元上，他就败给李当正了。此时，他刚放松的神经又紧张起来。他知道，如果逐条核对，李当正提出质疑，可能会要求到现场查看，说不定李当正还会带上陈亚太，这样麻烦就更大了。思考几分钟后，他才咧着笑嘴说："你们从外地回来红坎一次也不容易，还是双方说个数，大家同意了就算了。大家都是朋友，何必计较小数目。"他细小的双眼睁得大大的，望着李当正。

"既然是这样，你就先报个数吧！"包经理已入套了，李当正紧追不舍。

"甲方拖欠工程款一共三十七万八千二百一十二元。到今天，刚好是四个月零八天。这八天不计，我送给你们。年息二十五分。按四个月计，利息是三万一千五百一十八元。加上拖欠的工程款，共计四十万九千七百二十九元。"包经理拿着结算书，咬文嚼字地读着。读完后，他眯着细眼，皮笑肉不笑地对李当正说："看在你李局份上，我把后面这些数尾去掉，整收你四十万九千元整。怎么样？够朋友吧！"

"你要四十万九千元？"李当正问包经理。

"是！"包经理肯定回答，他误以为李当正答应了他。

"好！你将你向私人借款的借条拿出来给我看。"李当正双眼直视着包经理说。

"我，我，……我向私人借钱，哪有什么借据。我们是老朋友，互相信任就得了。"包经理慌神了，想不到李当正突然提出要看借据。如果他想到李当正要借据，找人写一条假的就可应付了。李当正这人太聪明了！

"拿不出来，是吧？"李当正站起来，挥手将工程结算书甩在办公台上说："我讲两点，由你决定。第一，按国家银行的利息计。第二，你不同意也可以，我们到法庭上相见！"

瞬时，房内气氛紧张，谁也不说话，空气似乎凝结了。

李当正在房内踱了几步，又折回对包经理说："你不按设计图纸施工，在施工过程中增加不少项目，从而扩大了工程费用。比如……"

"这些项目都是你甲方提出增加的，龙局签字认可的。"包经理抓住反驳的机会，"你可以问问龙局。"

此时，龙大山也站起来了。他回答："有些项目是二哥大河要求增加的，有些是我建议增加的。当时我写了认可书的。"

"在施工过程中甲方提出一些小更改或增加小项目是可以的。但是，我提出质疑的不是这些。"李当正说。

包经理问："是哪些？"

"后进楼中间承力墙！在工程结算书中你就有这项收费。你建好了，拆除改建位置。后来又按原地方砌回去。哪有这样施工的？这明显是作假嘛。重复计算工程量，扩大费用。"

"这也是应你甲方要求的呀！"包经理也站起来，高声反驳李当正。

龙大山回应："我想扩大客厅面积，让包经理这样改的。后来发现不妥……"

李当正打断龙大山的话，说："这件事的责任不在甲方，在包经理乙方。"他转身正对包经理说，"承重力墙能乱拆吗？明知不可为而为之。我问：你到底有没有施工资质？是几类？"

包经理没有直接回答，迟疑片刻，才说："市建安公司是几类，我就是几类。"

李当正没有揭露包经理私人挂靠的老底。他对包经理说："昨晚，我去见市建委一位领导，他告诉我：市政府针对当前建筑市场乱象和不正之风，正布置整治工作。尤其是对个别私人包工头，拿了甲方工程款跑路的，偷工减料的，弄虚作假的，没有施工资质的，等等乱象要严肃整治，坚决打击。"说到这里，他拿起工程结算书，折叠几下，塞到口袋里，自言自语："这个有用，到了法庭就是证明材料。"

一直不怎么开口说话的龙大山，此时站起来，拉着李当正就往卫生间走。两人进入卫生间后，他将卫生间门关上，低声对李当正说："你不要发火，我做包经理的思想工作，让他按银行利息结算。"此时，龙大山扮演了中间调停人员的角色。

"好呀！"李当正大声回答。

"我叫他来卫生间谈。"龙大山说着就往外走。

"慢一些，我要小便。"李当正说。三几分钟后，他才从卫生间出来。他让龙大山有时间去同包经理沟通。

于是，这边，龙大山和包经理在卫生间密商。那边，李当正同林士元在交谈。

十多分钟后，龙大山和包经理双双从卫生间出来。包经理先开口说话："李局呀，你真厉害！我姓包的服了你。为了同你交个朋友，日后好照顾我，就按国家银行利息结算。吃亏就吃亏一次。"最后大叹一声："揾食艰难呀！"表现出一副无可奈何的神态。

"真的？"李当正问。

"真的。"包经理回答。

"你让我一步，我也让你一步。后进屋拆承力墙一事，我就不追究了。"李当正说完，便从手提袋里取出纸笔，"我马上起草一份新的工程结算书。"他伏在办公台上，疾笔书写，三十多分钟便完成一份千来字的工程结算书。他从头至尾认真看过一遍后，顺手将工程结算书递给包经理，说："请你审查，如果没问题，我们马上签字。"

包经理浏览了一遍后，转手交给龙大山，说："龙局，你文化高，帮我审审。"

在这种场合，龙大山只好应付地看一下，又将文稿交还给包经理，平平淡淡地说了一句："可以。"

李当正征求包经理对工程结算书文稿没意见后，对林士元说："士元，你也审查一遍。如果没问题，你拿到大堂服务处，让他们马上帮我们打印。一式四份。"遂将文稿交给林士元。

半个小时后，林士元拿着打印好的工程结算书回来。于是，李当正和包经理双方在工程结算书上签名，并按上手指模，每人各执两份。

四人到了建设银行，很快就办妥结算资金的转账手续。

李当正问包经理要回了房屋大门的锁匙。

四人先后从银行走出来。外面空气清新，阳光灿烂。李当正深深地呼了一口气，心情一下子轻松了起来。

"走，我们吃饭去。"包经理边说边用左手搂着龙大山的腰。两人说说笑笑地走过南桥，向着红坎大饭店走去。

"士元，你敢不敢上前去打一巴掌大山的脸？"李当正望着他俩的背影问。

"为什么打他的脸？"林士元不解地问。

"我狠不得打他两巴掌，左脸一巴掌，右脸一巴掌！"李当正咬牙切齿地说，"吃里爬外的家伙。堕落！"

正在此时，林士元突然大叫起来："不好了，他们两个争吵起来了！"

李当正看着，轻轻说一句："分赃不均，狗咬狗。"

十五、空置

结完工程账的第三天,新楼三楼阳台上拉起了一条醒目的红布黄字大横条幅招租广告:本新楼招租,联系电话:136×××××××,租金:面议,联系人:龙先生。与此同时,北桥市场、正街电线杆上、正街上大小商店,都出现同样内容的招租小广告。

某一天,韩朝从外地出差回到正街,看到这些广告,便给龙大河打电话:"大河哥,你新屋出租?"

龙大河听后一头雾水,问:"我新屋出租,你听谁说的?"

"你不是打出招租广告吗?"于是,韩朝便将大横条幅招租广告一事告知龙大河:"这到底是怎么回事?"

龙大河问:"联系人是谁?电话号码?"

韩朝抬头望着大横条幅,一字一句读出:"联系人:龙先生,联系电话:136×××××××。"

龙大河听后说:"这电话不是龙大山的吗?你打电话联系一下。"

韩朝按完电话号码,马上接通,是龙大山的声音。他装着嘶哑的声音问:"你新楼出租,月租是多少?"

"月租一万。你有诚意,我还可优惠。"

韩朝如实向龙大河通报。

龙大河十分恼火。新屋内部尚未安装水电,不能居住。况且未开股东会议,如何处置新屋还没有形成一个决议。现在,龙大山积极将新屋出租,显然是想将租金收入装进自己口袋。日后兄弟姐妹追问时,他说租金用去了,你又奈他何!

放下电话后,龙大河决定再回一趟红坎。

龙大河回到正街,老远就望见新屋三楼醒目大横条幅招租广告。他打开大门,冲上三楼,将红布大横条幅广告拉扯下来,顺手扔在阳台角落里。他巡视新屋一遍后,即去找三奶儿子韩朝。重建祖屋给了他许多教训,更使他深刻认识兄弟姐妹各人的处世为人,兄弟情感。在鞭长莫及的红坎,凡事都要亲力亲为,再不能轻信自己的亲生弟弟龙大山了。这个弟弟令他十分失望,也十分痛心。他走到大榕树头下水井旁,刚好见到韩朝正在打水洗衣服。见面寒暄过后,龙大河开门见山,说明来意,"我们的新屋建好了,但只是一般装修,室内水电未安装,尚不能入住。所以,我想请你帮个忙。我知道你曾经在供电公司工作过,有电工证。"

韩朝笑着回答:"大河哥,你这样看得起我,我应该帮你这个忙。但我现在正领着一单小打小闹的维修工程,最快也得一个星期才能完工。你赶不赶时间?"

"不赶时间,不赶时间。"龙大河回答,"你先安装室内水管和拉好电线。供电供水入户手续,我下次回来时去办理。"说到这里,他掏出大门锁匙和一万元现金,交给韩朝,并叮嘱道:"买材料一定要开发票,因为我要入账。工钱,我下次回来验收时,再同你结账。"

韩朝接过大门锁匙和一沓人民币,说:"这个我知道,我会抓紧时间为你安装。"

龙大河交代清楚后,正准备离去,三奶回来了。龙大河便同她一起入屋,拉扯了一会儿家常才分手。临走时,他塞给三奶二百元,笑着说:"平日买点儿零食吃,湿湿口。"这才挥手离去。

回到枫叶酒店,龙大河即给龙大山打电话:"大山吗?新屋有没有租出去?租金多少呀?"

龙大山的电话里很多杂音,显然他正在南华广场花园内打牌,"快一个月了,只有两个人打电话来问过,还没租出去。……快,出牌。"

"谁同意你出租的?"龙大河质问。

"出租还用别人同意?我有股份,我就有这个权利!"龙大山振振有词地回答,"……又是你赢?你翻牌给我看!"

"室内水电未安装,大家没有一个决议,你租什么?谁授权给你?"龙大河越说越生气,"你给我将那些出租广告条幅拉扯下来!"

"要拉扯你就去拉扯!不同你说了,我又输钱了。"说完,龙大山关闭了手机。

大约一个月后，韩朝通知龙大河：室内水电已全部安装好，请他回来验收。龙大河又一次赶回红坎。

龙大河先到供电所和自来水公司，分别申请办理入户手续，并约定第二天上午九时到现场安装入户总表。

韩朝的安装工程令龙大河十分满意。在验收过程中，他还请供电所和自来水公司的师傅一起参加。中午时，他请大家一起到中山路哝记鸡饭店吃鸡饭，以表感谢。

上世纪70年代前，中山路是红坎市最长、最热闹繁华的街道：新华书店、邮电局、银行、百货公司、饭店酒楼等大小商店林立，医院、电影院、文化宫等文化设施齐全。每天晚上，选购商品的、看热闹的、拍拖的，你挤我拥，人头攒动，水泄不通。著名的南华广场就在中山路中段。广场开阔，四通八达，地势倾斜，是一个天然的露天大剧场。因此，红坎市群众集会和节日演出大都在这里举办。

哝记鸡饭店坐落在著名的宝石大百货公司侧旁。红坎哝记鸡饭店是一间有几十年历史的老店，在粤西地区，甚至粤港澳三地都很有名气。它的招牌食品就是鸡饭。创始人阿哝，当初只是贩鸡到香港，并不做饮食。因天气不好，或轮船班期原因，常常积压大量的鸡，不仅增加喂食的成本，而且死亡率高。某日，他突发奇想，何不做鸡饭？于是，哝记鸡饭店在一阵鞭炮声中开业！阿哝对鸡非常熟悉。鸡是选用一斤多重的本地走地鸡项，劏净，吊干血水。在七八十度温水中慢火泡浸，并不停翻转，使其均匀熟透。然后捞起，吊干，白切成块。饭，是选用粘仔白米，煲至泥鳅眼状时，加入已炸好的鸡油，慢火焗成香滑可口的米饭。哝记鸡饭最独特之处，还在于那一碟沙姜酱油调味品。沙姜是选用高州县出产的沙姜，去皮，冲洗干净，拍碎。土榨花生油，加入香葱煮滚，再加入酱油，最后沙姜，即时起锅。根据客人口味要求，还可配送大头香葱的葱白。

龙大河四人进入店堂后，即要了一只白切鸡，一碟菜远炒牛肉，四碗鸡饭。大家吃得津津有味，赞不绝口。

龙大河之所以请三人到哝记鸡饭店吃鸡饭，是一种永远抹不掉的回忆。当年，他的父亲龙宗光也曾是贩运三鸟到香港的批发商人，同阿哝很熟悉。所以，父亲偶尔也会带他来哝记吃鸡饭。现在，他重振祖业，建起一幢三层小洋楼，安装了水电，是住或租，都可告慰先人了。

在返回枫叶酒店的路上，龙大河对韩朝说："还有一件事，麻烦你帮我一下。在新屋三楼阳台上拉一条横幅招租广告，将新屋出租出去。"

"月租多少？"韩朝问。

"一万八，怎么样？"龙大河问。

"现在正街缺少人气，租屋人不多，两三年后会有这个价。一万八千很难租出去。"

"一万五成不成？"

"一万二三吧。"

"好！先租出去，让股东见到效益。有租客后，你打电话通知我，我回红坎签租约。"龙大河说完后，再次将大门锁匙交给韩朝。

对韩朝交代清楚后,龙大河即向兄弟姐妹发了一条短信通知:

"各股东:新屋已通电通水,具备入住条件。现决定将其出租,创造收入,汇报各股东。是否同意,两天内回复。少数服从多数。龙大河。"

除龙大山外,其余四人均同意出租。龙大海态度更鲜明:"坚决支持大河将新屋出租。"

韩朝将横条幅招租广告拉上第五天,他下班回家路过正街三十八号时,发现横条幅招租广告被人拉扯下来,丢弃在地面上。他开门进入屋内,看到后进房内放着一张弹簧大床,床下摆放着一双塑料鞋和一只塑料水桶。显然,有人准备搬进来居住了。用钥匙开大门,肯定不是外人。是谁呢?他不敢贸然下定论。于是,他给龙大河打电话,反映情况。

龙大河听完电话,认定是龙大山干的。他不仅要出租新屋,而且有入住新屋的企图。如果是这样,新屋就有可能被他独占。其他兄弟姐妹都在外地,鞭长莫及。龙大山常常挂在嘴边的一句话:我是在红坎唯一的龙家人。龙大河只好对韩朝说:"你再次拉上横条幅招租广告,想办法尽快租出去,租金低一两千元都可以。"

韩朝依照龙大河的吩咐,继续在三楼阳台上拉起横条幅招租广告。第三天,广告又被人拉扯下来,而且将红布横条幅招租广告撕扯成三四段,抛弃在垃圾堆里。

韩朝唯有将情况通报给龙大河。这一次,龙大河不再提出租一事了。他让韩朝去买一把大铁锁,大门换上新锁。

十五、空置

韩朝换上新锁的第三天，当他去三十八号查看时，发现大铁门上加上了一把更大的新锁。锁上加锁，两把大铁锁牢牢地将大铁门锁死。龙大河得知新的情况后，告诉韩朝：新屋不出租了，就让两位铁将军把守大门。

自此，两位铁将军严守空楼，再没人进出过新楼。

历经两年零一个月，风吹日晒雨淋，两把大铁锁锈迹斑斑，垂头丧气地挂吊在大铁门上。往日豪气、漂亮的小洋楼，也黯然失色。正面墙体，灰头土脸；有三几处米黄色的瓷砖剥落，仿佛人的身体上长了几处脓疮，特别难看。这是贴瓷砖时使用海沙的结果。三楼一扇窗户的合页脱落，半扇窗户吊挂在那里，摇摇欲坠，随时有脱落的危险。东西两侧留作花坛的地方，生长出一丛丛的杂草，不时有一两只老鼠在杂草间跳跃着。留作停车之用的庭院，垃圾遍地。显然，这些垃圾都是东西两侧邻居从二楼抛弃下来的。正是：我先自弃，人必弃我。

过往行人，有好奇者，驻足窥望，自言自语道："这么漂亮的小洋楼，竟然空置着，太可惜了！"

街坊邻里，茶余饭后，评头品足，议论纷纷，这些也就不足为怪了。

所有这些，龙家兄弟姐妹统统看不见，听不到。正是：眼不见为净，耳不听为清。

十六、决裂

隔山隔水不隔音。龙家小洋楼空置两年多的消息，从红坎一位老干部的嘴里传到龙红梅的耳里。龙红梅夫妇商量后，决定先找龙大河谈谈，了解事情的来龙去脉。

"这到底是怎么回事？"一见面，易中和开门见山，质问龙大河。

龙大河早就有思想准备。他知道大姐夫妇迟早一定会过问此事的。他要让大姐夫妇认识大山的为人和自私，防止龙家兄弟姐妹日后为新屋的权益引发更大的矛盾和冲突。于是，他将新屋出租过程及互相加锁的情况详尽道来。"我不想这样做，是大山迫着我这样做的。大山以他是龙家留在红坎唯一的人，想操纵新屋出租，独吞租金。如果我不这样做，兄弟姐妹的权益得不到保护。如果大家因为我这样做，遭受经济损失，要求赔偿，我愿意自己拿钱出来赔偿给大家。"

"这不是赔钱的问题。"易中和站立起来，严肃地说："你们龙家人脱光裤子让正街的街坊邻里看热闹，还说什么重建祖屋光宗耀祖。你们龙家祖宗三代的面子都给你们兄弟丢光了！"

龙大河耷拉着脑袋听姐夫的训斥。他想为自己申辩，但却始终不开口，他心里明白，姐夫表面上是批评他，但更多是批评龙大山。

三人就这样长时间沉默不语。

过了好大一会，易中和继续说："大家不是发短信，同意你负责出租新屋吗，你就认真负责将新屋出租出去，让大家得到回报。"

"大山怎么办？"龙大河问。他最担心龙大山又出来捣乱和闹事。

"我会给大山打电话，叫他不要干扰新屋出租。否则，对他也没好处。"易中和表明态度。

"大山来佛山，我们要好好批评他。"龙红梅插话。

"想不到他变得这样自私，根本就不像一名退休国家干部。我分管干部工作几十年，从未见过像他这样的干部！"易中和很气愤地说。

从大姐龙红梅家出来，龙大河立刻给韩朝打电话，让他重新拉起横条幅招租广告，尽快将新屋出租出去。

"大铁门上那把大铁锁怎么办？"韩朝问。

"将它砸烂！有事我负责。"龙大河回答。

韩朝拉起横条幅招租广告后，不出十天，新屋就租出去了。每月租金一万六千八百元，比前两年高出了许多。今年，红坎市政府加快城市转型升级,将沙头角片区规划为新市区,正街人气马上旺盛;加上今年楼市市道开始好转,房租也水涨船高。新楼租户是市幼儿园退休朱园长。她自办幼儿园已有两所,现在是第三所,取名为正街培才双语幼儿园。

龙大河十分高兴,当天即搭乘夜班长途大巴赶往红坎。翌日,即同朱园长谈判,签订了房屋租赁合同,租期为三年。每年租金递增5%,续租优先。

光阴似箭,日月如梭。不知不觉中,中国的传统节日春节临近。龙大河决定进行祖屋重建后第一次股东分红。新屋出租已八个多月,到账的出租金已有十三万多元。先拿出十万元按股份分红,派一个新年利是,让兄弟姐妹们高兴,感受祖屋重建后的一份喜悦。十万元按一百份来分,很好分,每一股份就是一千元。他用电话通知冬兰。冬兰听后十分高兴,即时发短信通知各人,第二天再到银行转账。因为她掌握每个人的银行账号。但令冬兰不解的是,大哥龙大海态度模棱两可。他回复短信说:"我那一份红利暂时不要汇入,待日后再决定。"

龙冬兰将手机上的短信让丈夫林士元看,说:"还有什么再决定的,他就占祖屋的百分之五,新屋总体的百分之二点五,就是二千五百元吗。"

林士元看后说:"房价升了,有分红了,现在开始后悔啦。"

"世界上有后悔药吃吗?"

"怎么没有?"林士元大声回答妻子,"横蛮不讲理就可达到目的。尤其像遗产继承这一类的事,他硬扛着跟你斗,你也没办法。"

"如果这样说来,还有什么亲情、兄弟姐妹骨肉情?"龙冬兰气愤地说。

"如果真的到那一步,只有到法院相见了。"林士元摇头叹息。他虽然是一名教书先生,但倒有几分预见。最后,他叮嘱妻子:"这件事暂时不要告诉其他人。"

春节,大家都沉浸在喜气洋洋中,打电话或发短信互相问候和祝贺;或走亲串友;或到国内国外旅游。像龙大河这样的大老板,更是忙碌,家中电话铃声响个不断;手机短信一条接一条地滚动。节前他已经给大姐红梅夫妇拜年了。春节头三天,他就在家忙着接电话,打手机。秋菊和冬兰都先后打电话来拜年了,唯有大哥大海和弟弟大山没有电话,连短信也没有一条。他是年三十晚给他俩发短信拜年的。他心里有点儿不悦。

龙大山的儿子龙永禄在佛山办厂做生意,早已成为老板。龙大山年初四就上佛山给儿子龙永禄、儿媳和小孙子拜年。不是儿子带领全家人回红坎给老子拜年。这年头是商品经济年代,创新变革,破除习俗,日新月异。许多祖宗遗传下来的规矩、习俗和章法,已不那么讲究了。龙大山思想解放,反正见怪不怪。老子向儿子拜年也不是什么新鲜事,好在儿子不是"啃老族"。他在儿子家过了一夜,第二天一大早就让儿子永禄开车送他到大姐龙红梅家拜年。按照中国传统习俗,元宵节未过都是年。他虽然是年初五去拜年,为时也不算太晚。

"大姐、大姐夫,我来给你们拜年啦!"一进屋,龙大山就高声叫喊,打躬作揖。今天,他身着一套崭新的三纽扣的西装,打着红色领带,脚踏锃亮闪光黑尖头皮鞋,一身大老板的气派。

"新年好！祝身体健康！"大姐和大姐夫双双到客厅迎接，互相祝福。夫妻俩还是穿一套不新不旧的衣服，也没什么打扮。跟平日不同的是，易中和的脖子上多了一条羊绒围巾。可能同今年春节天气特别湿冷有关。

礼节过后，宾主分别坐下。易中和忙着给龙大山斟茶时，龙红梅先开口问："你什么时候来佛山的？"

"昨晚刚到，所以今天一大早就来给你们拜年啦。"龙大山回答。

易中和原来考虑趁龙大山来佛山的机会，狠狠批评他一顿的，后来想到春节新年喜庆日子，批评他不仅不被接受，反而引起更大的反感，适得其反。刚好春节前夕进行新屋股东分红利，他便想利用这件事对龙大山进行正面教育。于是，他笑着说："今年春节，你们应该高兴了，新屋出租，人人都收到大红包。"

"大姐，大姐夫，跟你们说句老实话，我真的高兴不起来。"龙大山呷一口茶水后说。刚才还笑呵呵的样子，立刻消失得无影无踪。

"为什么？"易中和愣了一下，问。

"新年里，我也不想说大河的坏话，更不是告他的状。"龙大山吃着香甜可口的巧克力，几分气愤地说："他根本不把我这个弟弟看作是龙家人。"

"怎么说这样的话。"龙红梅吃惊地问。

龙大山嗖地站起来，手指北方（龙大山居住的方向），大声地说："自从他拿到新屋钥匙后，做什么事都回避我，不让我过问，不让我参与。例如，新屋屋内水电安装，不让我知道。

新屋出租,不同我商量。我是留守在红坎唯一的龙家人!"龙大山越说越愤怒,放开喉咙大骂:"什么兄弟?契弟!"(广东方言,骂人的话。)

为了缓和气氛,易中和问:"新屋进行第一次分红,我分得八千元。你分得多少?"易中和不问还好,这一问更刺激龙大山。他气愤难耐,大声吼叫:"遗产继承,人人平等,有什么集资重建祖屋道理?他仗着他有钱,强占大头,我只占新屋的百分之二点五,分得二千五百元。他大河占新屋百分之三十七,分得三万柒千元,是我的十四点八倍!这是什么继承?这叫钱多压人!仗势欺人!"

易中和急忙拉龙大山坐下,并给他斟上热茶水,知道他喜欢吃巧克力(今天不到半个小时,他已吃了四五粒巧克力),递上一粒巧克力糖,说:"饮啖热茶水,吃一粒巧克力,暖暖心。"见龙大山平和了一些,便规劝他:"当初你们中有人(不点名道姓,但都心知肚明)不看好楼市,怕房价大跌,吃亏,便主动放弃部分权益。这不能怪大河,或者其他人。如果你想要回属于你自己的那一份权益,可以同大河、秋菊、冬兰三人协商,看他们能不能让出来。怎么让,大家商量解决。不能意气用事,大吵大闹,让街坊邻里笑话。龙家兄弟姐妹应以大局为重,团结一心,将新屋管理好,经营好。按我说的话去做,好不好?"

龙红梅此时也插话:"听中和的话,好好想一想。万事和为贵。"

龙大山知道自己刚才发横,说了许多不该说的话。于是,借着大姐规劝的话,便站起来,平和地说了一句:"好吧。我回去考虑考虑。"龙大山说着话时，还不忘将一粒巧克力糖抓在手里，"我回去了。"

"快十一点了，吃完中午饭再回去吧。"龙红梅夫妇双双站立起来，同声说道。

"不用啦，永禄已在酒店订了台。我吃完中午饭，坐下午三点钟长途班车回红坎。"龙大山说。

"你不去大河那里，给他拜个晚年？"龙红梅问。

龙大山没有回答，自己开门，就这样走了。

龙红梅夫妇望着他消失在门外的背影，同时摇摇头，什么话也不说。

八月初的某一天，龙大河同妻子秀梅去部长楼探望姐姐和姐夫。在闲说家事中，易中和告诉他们："八月十六日，是红梅的八十一岁大寿。她出来参加革命工作以来都没过生日。经同子女商量后，决定今年过一次生日。按照民间习俗惯例，过生日必须在生日前十天内。我们决定在八月十五日，大家在佛山宾馆聚一聚，吃一餐晚饭。"最后，他郑重申明："除家人及红梅弟妹们外，不请任何人，不收礼，也不发请帖。过几天，我发短信通知大家。"

龙大河及妻子听罢，同时站立起来，向龙红梅双手作揖，恭祝她高寿大庆，寿比南山。

从大姐龙红梅家回来的路上，龙大河思考着另一件事：难得龙家兄弟姐妹欢聚一堂，他决定第二次发放新屋红利，同时向众人汇报新屋经营运作情况。这也算是一次全体股东大会吧。

佛山宾馆座落闹市中心。广场开阔，花团锦簇，花香阵阵。

广场中央大圆形的水池，喷泉水花四射，阳光照耀下，银光闪烁。高大的门楼，深红色大理石装潢的墙体，气势磅礴；大红地毯从阶梯第一级一直铺到大门口，格外壮观。所有这些都显示出高贵庄重。这是一间五星级酒店，也是佛山市当前最高级、最著名的酒店。易中和订的汾江包房，宽敞明亮，装饰华丽高雅。地面大红地毯，鲜艳夺目。头顶上的水晶大吊灯，灯光熠熠。包房正中一张直径一米八的红酸枝大圆台，大红呢绒布覆盖，上压玻璃大圆盘，再放玻璃转盘。女服务员早早摆上生日大蛋糕，主位前摆放了一大束红梅花。这种摆放，表明了今晚宴席的主题。

龙红梅和易中和早早来到，看着这种摆设，十分满意。不一会儿，客人陆续到来。一时，汾江包房内充满一片祝福声，喜悦的欢笑声。人气旺盛，喜庆洋洋。

六时三刻，主宾依次入席。易中和站立起来，主持今晚的宴席。他微笑着，语调平和，字句清晰。"各位，今晚请大家来吃一餐晚饭。我同红梅从参加革命之日起，就没过过生日，因为我们每天都是生日。"众人鼓掌，"明天就是红梅八十一岁生日。"大家热烈鼓掌，"我八十一岁过生日，请自己的兄弟姊妹和自己家人来这里吃饭。所以，红梅仿效我的做法，今晚请她的弟妹们及配偶、我们的家人来这里吃一餐晚饭，表示祝福！"掌声再次热烈响起。"我们不是宴席，不饮酒，以茶代酒。有饮料，各取所需。"

易中和话音刚落，女服务员便适时将大蛋糕上透明的盖子拿走，插上九枝红色蜡烛，代表长长久久，岁岁平安。易中和接过女服务员递上来的打火机，打火点燃九支蜡烛。女服务员熄灭包房内的灯光。

"吹蜡烛！"众人齐声呼喊，跟着边拍手边齐声唱起《祝你生日快乐》之歌。

"许愿祈福！"小孩子们高喊。

在众人的欢呼声中，龙红梅弯腰，深吸气，用力吹，九根小火焰在摇摇晃晃中熄灭了四根。众人鼓掌。在众人掌声和欢叫声中，龙红梅一连吹了四五口气，最终将九根蜡烛火焰吹灭。她感到气喘和心胸闷痛。大家欢叫声一片，没人注意到她神情的变化。包房的灯火重新亮起。她强作镇静，双手拿刀，用力切大蛋糕。此时，她身旁的易中和双手抓住她的双手，帮助她将大蛋糕分切成小块，分给众人品尝。

仪式完成后，女服务员上菜。第一道菜是全烧金猪。按礼规，龙红梅第一个动筷子，其他人才随着转盘的转动，动手夹菜。

但还没等龙红梅动手夹第一道菜，龙大海已来到她身旁。"大姐，我第一个敬你。祝您寿比南山，福如东海，长命百岁！"说完，他右手上满满一杯可口可乐，就被他喝下大半杯。龙红梅坐着不动，只说了一句："多谢！"

龙大海带了头，其他弟妹及其配偶们也一一来给龙红梅祝寿。大家都说着同样的祝福语，喝着同样的饮料。龙红梅也照样坐着不动，回答着同样一句话："多谢！"

女服务员依次上菜。第二道菜是清蒸澳洲深海石斑，跟着是清远白切鸡。菜色有序地依次上席。除全烧金猪外，均为一菜双份。主菜上完后，女服务员根据用餐进度，适时捧上冰糖银耳莲子羹，每人一小碗。共九菜一羹，取长长久久，十全十美之意。席间，众人不时发出赞美菜色和味道的声音。热闹、喜庆的气氛充满着大包房。

此时，只见餐厅经理和两名女服务员正缓步走进包房。两名女服务员抬着一大瓷盘，紧跟餐厅经理身后。她们将大瓷盘摆放在龙红梅面前。餐厅经理弯腰，面对龙红梅毕恭毕敬地说："我代表我们佛山宾馆经理来给您祝寿！恭祝您福如东海，寿比南山，长命百岁！这是我们敬送给您的祝寿大寿桃。"说罢，他打开大盒盖，一大盘点了红的寿桃呈现在众人眼前。只见中间是一只大寿桃，许多小寿桃众星拱月，有序地摆满一大盘。众人热烈鼓掌，酒席进入高潮。

龙红梅和易中和双双站立起来，同餐厅经理握手，表示感谢。

在众人分享寿桃时，龙红梅三岁多的曾孙女在其母亲陪同下走到龙红梅身旁，双手举着茶杯，用稚嫩的童声说："曾祖母，我来给您祝寿。祝您身体健康，长命百岁！"龙红梅笑容满面，双手揽抱着曾孙女，先右脸亲三下，后左脸亲三下，说："曾祖母祝你快快长大，曾祖母要看着你读小学、读中学、读大学。"说完，便从自己脖子上解下一只用红丝绳吊挂的老虎牙，双手套挂到曾孙女的小脖子上。据说这只老虎牙是她父亲生前去安南（今越南）做生意时，从安南买回来的。民间传说老虎牙有辟邪的作用。龙红梅满月时，她父亲亲手将老虎牙挂到她脖子上。自此，这只老虎牙一直陪伴着龙红梅，从没离开过。可见其珍贵。

当时，龙秋菊对大姐这一不同寻常的举动，感到十分惊讶，内心有一种不祥之兆，但她没有说出口。

席间，龙大河来到姐夫和大姐中间，低声问："我现在宣布发放新屋红利?"因为他事前已同他俩商量过了,所以,他俩同时点头同意。龙大河回到自己的席位上,清一下嗓子,大声说道:"请大家先放下手上的筷子,我有事宣布。"他环视一周,确认众人都认真听他说话后,便高声说:"今晚是大姐在这里庆祝八十一岁生日。我们欢聚一堂,为她祝寿,是大喜!"他略作停顿,"我还宣布一个喜,喜上加喜!就是,我们祖屋重建工作,在大姐和大姐夫全力支持下,终于完成,并进行了第一次发放红利。今晚进行第二次发放红利!"众人热烈鼓掌。"这次发放红利,同上次一样,每股一千元。明天,冬兰将按股份比例汇到每个人的账户上。"众人又一次鼓掌。

  掌声过后,沉静一会儿,龙大山突然站立起来说话:"大家都很高兴,但我总感到高兴不起来。为什么?"听到这里,众人一下子严肃起来,宴席中的喜庆气氛被打破,空气也仿佛凝结了,"大家都听到了,每股红利一千元,这是一个很大的数字!但实际情况呢?我只分得二千五百元。大海哥也一样。"龙大山转头望望龙大海,龙大海点头同意。"有人呢?三万七千元!三万元!相差十几倍!试问,我同大海哥怎样高兴得起来?我们都是同一对父母所生,同一棵树发出的芽,同一屋长大,为什么会有这么大的差别?祖屋不是遗产继承吗?遗产继承就应该人人均等!"说到这最后一句话时,他特别加重了语气,声音也加大了三拍。他突然转向龙大海:"大海哥,讲讲你的感受。"

  众人遂将目光对着龙大海。

  龙大海过了好大一会儿,才慢慢站立起来,先干咳三声,然后低声说道:"我本来不想讲的,既然大山点破了,我也讲讲我个人感受。"他环视众人,挺一下胸膛,像作报告一样,开始讲他的感受了。"本是同根生,相煎何太急?这句词我忘记出在何处了。为了钱,父母情怀不念,兄弟情怀不念。打着现在是商品经济时代的旗号,大搞祖屋重建股份制。我咨询过法律界人士,遗产继承没有什么股份制,是人人平等。我们平日不是讲法律面前人人平等吗?这就是法律!对于祖屋重建搞股份制,我很不明白,也不认可!我现在告诉大家,第一次发放红利,直到今天,我还未领取!为什么?我要表示我的不满!……"

龙大河是个火性子,他再也控制不住自己了,霍然站立起来,劈头劈脑打断龙大海的讲话,"为什么?就因为你同大山每次都表示,只认购重建祖屋的百分之五,留下一条根。不是大家不给你们,是你们不要!大家讲,是不是这样?"他的目光转到两位妹妹身上。

"是嘛。"秋菊和冬兰同时回应。秋菊还多说两句:"现在房屋升值了,就反悔。日后还不知道怎么个闹法。"

此时,龙红梅背靠椅枕,仰着头,闭目养神。她万万料想不到会出现这样的场面,喜庆变成晦气,更让她脸上无光。

易中和用目光示意儿子平仁,请服务员出去,将客房门关上。他专注地听着。他曾身位市领导,各种场面都见过。他神情淡定。最让他想不通的是:他们兄弟为什么会变成这样?

龙大山也不是好惹的,他也经历过官场上的一些场面。他振振有词地回答龙大河:"为什么?就因为我同大海哥穷,拿不出那么多钱认购。作为亲兄弟，你为什么不帮我俩人一把？你是大老板，区区几万几十万，对你来说是九牛一毛。"

龙大河反问他："你现在装什么穷？谁不知道你借国有企业改制之机，将你属下的十几个国有企业，先转制为股份制，再将股份制公司化为私有，造成大批国有企业工人下岗，失业，而你赚得盆满钵满。我有钱就要帮你？我每一分钱都是拿血汗换来的！怕你！"

"帮不帮由你。"龙大山气呼呼地对龙大河说。此时，他已完全失去理智了，控制不住自己，狂言大出："有钱就是兄弟，没钱就是契弟！"

"好啦！"易中和拍案而起，面含愠色，斥责道："越说越不像话。一个喜庆的气氛给你们弄成这个样子，像什么话？你们光天白日之下脱光裤子让世人看，龙家几代人的面子全给你们丢光了！"

客房内一下子鸦雀无声，众人都憋住气，整个房内气氛既严肃又紧张。

安静十几分钟后，易中和才用平静的口气说："你们争吵了几年，有什么好争？不就是几十平方米的房子？你们身为国家干部或职工，个个都得到国家的关怀，人人都有房子。生不带来，死不带去。要那么多房子做什么？"他略为停顿一下，继续说："我家中的事很少跟大家谈及，今天我就讲一下。我父母生我们六兄弟姐妹，我排行第三，上有一个哥哥和一个姐姐。我父亲在乡下遗留下一间大瓦屋，二百八十多平方米。按照我们乡下的习俗，女儿是不能分家产的。我和最小的弟弟都出外工作了。我做弟弟的思想工作，我们俩都放弃继承权。这样，大瓦屋就由在乡下生活的哥哥和大弟平均分配，一人一百多平方米。这样处理，相安无事，皆大欢喜。逢年过节，兄弟姐妹们欢聚在一起，其乐融融，这比多少间房屋都好！"他看下手表："快九点了，下面由红梅讲几句。"说完便坐下。

龙红梅双手扶着圆台，强撑着站立起来，缓慢地说："中和讲了他家的事，我也讲讲我们龙家的事，也是讲房屋的事。"她扫一眼各人，继续说："我的两个儿女希望我生前处理好祖屋的事，他们不希望继承这份遗产。"她低头望一眼丈夫，"我和中和商量几次，我决定将我继承的祖屋份额贡献出来。"

众人听到这里，愕然，发出"呀——！"声。

龙红梅继续说："我原本想赠予社会某一慈善机构，做点公益事业。后来一想，我们龙家现在已吵闹得一塌糊涂了，如果再加入一个外人，那不炸开了！考虑再三，我决定赠予自己的弟妹们。"说到这里，她戛然而止，用双眼扫视着弟妹们，看看他们各人的表情和反应。正是：看尽社会众生相，不如兄弟姐妹最真实。

龙大海愕然和惊讶。

龙大河平和和严肃。

龙大山惊喜和期盼。

两位妹妹龙秋菊和龙冬兰淡然而平静。

四五分钟后，龙红梅才接着说："刚才大海和大山不是说自己的份额少了吗？那就给你们俩人各百分之九，该满足了吧？"

龙大河马上纠正："应该是整幢新屋的百分之四点五。"

"好！百分之四点五。"龙红梅重复龙大河的话。

龙大山满脸挂着喜悦，大声地说："不管是百分之九，或者是百分之四点五，我都要感谢大姐和大姐夫。"说完，他向大姐和大姐夫深深鞠躬道谢。

龙大海则沉静得多，他只说了这么一句话："要到公证处办理公证才有效。"

"给你们办公证手续。"龙红梅爽快地答应。

"什么时候办？"龙大山追问。

"明天！"龙红梅有力地回答。

"平仁，埋单！"易中和叫儿子去结账。他和龙红梅两人同时站立起来，异口同声地说："走人！"于是，两位老人相互搀扶着离开客房，头也不回望一下。

夜里，龙红梅辗转反侧，久久不能入睡。她先回忆自己的履历人生。自1948年参加革命以来，她经历了各种考验和锻炼，平平安安、顺顺利利走到今天。她总结出人生的两条主要经验：一是听党的话，紧跟党的指引走；二是不贪不占，安分守己，老老实实做人，勤勤恳恳做事。想到今晚生日宴席上发生不愉快的事，她思考得更多。父亲英年早逝，母亲一人抚养六个子女，其艰辛可想而知。除两位妹妹因遇上"文化大革命"，没有读大学的机会外，三个弟弟都分别中专或大学毕业，并且都入了党，当上国家干部。最让她想不明白的是，大海和大山为什么会如此自私和贪婪。一直以来，作为大姐的她，总想做出一个榜样给弟妹们看。现在看来，她这个榜样黯然失色了。这真是龙家的悲哀呀！……到了下半夜，她总算眯瞪了一会儿。六点钟，夫妻俩准时醒来，外出散步，七点半准时回家吃早餐。两人正吃着早餐，龙大海和龙大山来了。

"你们吃过早餐没有？"易中和问。

龙大海回答："我们在街边小吃店吃过了。"

"你们吃得这么简单呀！"龙大山弓着身子，指着餐桌上的食物，边数边说："红米粥、馒头、咸萝卜干。"

"你们两个是想去办公证书吧？"龙红梅问。她不等他俩兄弟回答，继续说："我们换件衣服就同你们一起去，公证处就在我们街口。"

四人到了公证处办事大厅。因刚开门办公，没什么人，很清静。工作人员了解他们的来意后，立即发给他们一式六份的表格，让他们填写。龙大海熟悉文书表格，所以由他逐项内容填写。不到一刻钟，他即填写好表格文书，交还给办事员审查。办事员认真逐项审查，确定没有差错后，遂让他们四人分别在表格上签名按红手指模。

此时，室外突然乌云密布，风沙四起，雷声大作，一场暴风雨即将来临。

龙红梅是最后一个签名按红手指模的。龙大海和龙大山分别站在她左右两旁，指点着，唯恐她按错地方。当龙红梅按到第六张表格，伸手去沾红印油时，突然一阵剧烈胸痛、心律加速，气短，全身冒冷汗，恶心，想呕吐。此时，手指已不听使唤，无法按正地方。说时迟那时快，龙大海用手按压着公证书表格，龙大山则双手抓住龙红梅已沾了红印油的右手食指，对准"龙红梅"三字，用力按下。……

"搞掂没有？"易中和小便归来，问。当他看到妻子神态时，大惊失色，惊叫起来："冠心病发作了！快叫救护车，送医院！"

公证处办事大厅瞬时一片混乱，叫喊声大作。

十七、短信

三天后,龙红梅在医院撒手人寰,走了。

在八十一岁生日的宴席上,龙红梅将父亲亲手吊挂在她脖子上的老虎牙,突发奇想地亲手吊挂到曾孙女脖子上。当时她的妹妹龙秋菊就有一种不祥之兆,现在这种不祥之兆也应验了。

有人说,龙红梅是被她的两个弟弟气死的。

不管是预兆,或者是被气死,我们姑且不去评论。龙红梅是因冠心病而死的,这是医学的结论。自此,龙家失去了一个主心骨。龙家兄妹为祖屋重建后的权益,陷入无休止的争斗之中。

易中和因爱妻和战友龙红梅先他而去,悲痛欲绝,更不会去理会身外之物的龙家房产股权的纷争了。他已是一个局外人了。

龙家眼下最要紧一件事是,新屋建成六年多了,新的国土证、房产证没人去更换办理,领取新的证件。长此下去,房屋土地权属和房产权属将受到质疑,新屋的合法性将得不到国家法律的保证和保护。叫龙大河去办,他说:"承认集资建房就去办。"叫龙大山去办,他说:"遗产继承,利益均等,同意就办。"甚至连家庭会议也开不成。龙大河召集,龙大海、龙大山不来参加。让龙大海主持,他叫弟妹们都到北京集中。眼下唯一联系渠道就是发短信。发短信好处多,不见面,不费时,不费钱财和力气,想说什么都可以,不论时间和地点,想发就发。

龙家兄弟姐妹都接受过一定的教育,他们短信的文字没有粗言滥语,他们也不是泼妇骂街。他们人人文笔流畅,入木三分,旁敲则击,指桑骂槐。让当事者心知肚明,让旁观者拍手叫好。原先是短信,后来发展到QQ群,最后来改为"38号大客厅"微信群。"38"是沙头角正街老屋门牌号。所以,加入"38号大客厅"微信群仅限龙家人。

奇文共欣赏,疑义相与析。下面抄录他们六条短信或者叫六篇文章,以飨读者。

A. 铜臭
作者:龙大山

记得小时候,一个人在前房里玩耍,无意中在一个曾经放尿桶的墙角落,挖出六七枚铜钱。锈色斑斑,发出阵阵绿光,有一股强烈的铜臭味。可能是祖父做生意时遗留下来的。我当即用水冲洗干净,然后拿着它,跑去街口老榕树头的小商店换糖果。商店老板看一眼我手上的铜钱,大声骂道:"又脏又臭的烂铜钱,不要!快跑开!"我跑到街上,遇上收破烂的叮叮佬,将手上的几个铜钱卖给他。他给了我二分钱。此时,卖零食的叮哨佬刚好经过，我用这二分钱买了一小块糖。

读初中时，我查阅《汉语词典》才明白铜臭一词的含义。词典上写道：铜臭：〔名〕指铜钱、铜圆的气味，用来讥讽过于看重钱的表现，满身铜臭。

历代都有满身铜臭的人，尤其当今社会更多。在我们身边就有一人。他衣着华丽，西装革履，一派大老板模样。但他从头到脚，满身散发着令人作呕的铜臭味。他走到哪里，就臭到那里。害怕别人说他有铜臭，他善于用现代流行语言的外衣包装自己。说什么现在是"商品经济时代""祖宗遗产也要股份制改造""按投资比例分配权益"等等，花言巧语，鬼点子特别多，他确实迷惑不少人。

现代科学发达，对付铜臭有好办法。用强硫酸冲洗，然后用清水泡浸，不仅能去掉锈斑，还可杀菌。铜钱依旧如新。我们甚至将臭铜钱回收集中，投入熔化炉中冶炼。废物利用，变成新铜，供国家建设之用。对臭铜钱来说，这是一场极端痛苦的生死轮回的过程。

有铜臭的人，可要小心了！

龙大海点评：切中要害，入木三分。好文章！

龙冬兰点评：做事、说话、写文章，都应三思而后行。千万不要往别人身上泼粪水。

龙秋菊点评：最好自己先照照镜子，再说别人。

B. 偷食
作者：龙大河

我也想起小时的一件小事。

母亲生妹妹冬兰坐月子时，有一天，三奶买了一只猪脚来探望母亲。母亲吩咐我去厨房灶头小酒坛里舀一碗糯米酒糟给三奶吃。我来到厨房，看到我的弟弟发酒醉，醉倒在柴草堆里。我叫他，他不应。推他，他不醒。我急忙跑回房间告诉妈妈。妈妈和三奶脚步慌乱地跑到厨房。妈妈一看，大吃一惊，说："偷吃酒糟，醉倒了！"于是，叫我去弄一碗白糖水来。妈妈和三奶费了九牛二虎之力，才将一碗白糖水灌到弟弟肚子里去。然后，妈妈、三奶和我三人合力将弟弟抬到床上，给他盖上被子。大约过了半个时辰，弟弟苏醒过来，吐了一地糯米酒糟。妈妈问弟弟，到底偷吃了多少酒糟？弟弟如实告诉妈妈，偷吃了一碗半。今天是第三次。前两次，每次半碗。前两次都没有被妈妈发觉，今天就多偷吃了一碗。

当着三奶的面，妈妈既不打他，也不骂他，只说了一句："孩子呀，你要吃，也应该告诉妈妈呀。"

类似这类事还有很多，现仅举一例。

红坎市民间有句谚语：小时偷针，大时偷金。

自小养成的多吃多占、手脚不干净的恶习不改，长大了，手中有权时，就向国家伸手；手中无权时，就向兄弟姐妹下手。在重建祖屋这件事上，就明显表现出来。当初，大家一致决定按出资比例占有股权。你说你没钱，放弃自己的权益。甚至将自己的权益出卖，叫价五万元。大家劝你留下一条龙家的根，你才认购重建祖屋的百分之五的股权。现在祖屋重建完成了，升值了，有收益了，你就伙同别人祭出："祖屋继承，人人利益均等"咒语，来争权夺利。世上哪有这种逻辑！

劝君一句：正视现实吧！

龙冬兰点评：听母亲说过多次，确有其事。
龙秋菊点评：家丑不可外扬。

C. 为富不仁
作者：龙大山

我读初二时，在语文课本上读到杜甫的《茅屋为秋风所破歌》，还没有什么体会。时隔五十多年，现在再重读，感慨万端。唐朝，一个穷困潦倒的老人，面对被大风吹翻的茅屋面前，还能想到广大老百姓，发出感慨："安得广厦千万间，大庇天下寒士俱欢颜。"这是何等思想境界！何等胸怀！

俗语有说："不怕不识货，只怕货比货。"人也如此，不怕不识人，只怕人比人。对照唐代的杜甫，联想到自己身边的同胞亲兄弟，住高尚大宅，出入星级酒店，开高级进口轿车，坐拥年利几百万元利润的大企业，还同自己的亲兄弟争遗产。搞什么股份制祖屋重建，毫厘不爽，斤斤计较，寸步不让。不仅没有兄弟感情，连人之常情都没有！真是为富不仁！

可悲呀！
可恨呀！

龙大海点评：有感而发，击中要害。

龙秋菊点评：话说过头了，想收也收不回来。

龙冬兰点评：自己先照照镜子，再说别人。

D. 无题
作者：龙大河

我每一分钱都是自己辛苦打拼得来的。一分钱一滴汗，一分钱一滴血。见得人，见得光。光明磊落，干干净净。

一棵树上的树桠，一条藤上结的瓜。我同兄弟姐妹一脉相承，都是龙家的血脉。何来没有感情？我们走到今天，你应自我反省，扪心自问，为什么？

谁是谁非，自有公论。

我在这里仅举两个例子。

上世纪60年代，"文化大革命"期间，我被"造反派"打成重伤，入院留医三个多月。两个妹妹轮流守护我三个多月。你不仅没有到医院探望过我一次，还公开发表声明，要同我划清界限。你早就划清兄弟界限了，何止到今时今日！

另一个例子。

你退休后，不甘寂寞，想发大财，叫我助你一臂之力。看在亲兄弟份上，我出资八十万元，在红坎市兴办纸箱厂，让你当厂长，全权负责，发挥你的余热。当时还表明，纸箱厂盈利，你得百分之六十，我得百分之四十。我收回投入成本就可以。怎知你因循守旧，按照你管国有企业那一套去管理。企业管理混乱，无章可循；效益低下，连年亏损。不到四年时间，一个本来很有发展前途的厂，就这样让你搞垮了。我血本无归。最后清账盘点时，发现，仅你饮饮食食报销的白条子就有十七八万元之多。可见你的德行！

想起往事，心如刀割，痛苦呀！

龙大海点评：莫回头，向前看！

龙秋菊点评：手掌是肉，手背也是肉。应息事宁人。

龙冬兰点评：有螨虫的被子，要拿出来翻晒。

E. 拜金主义

作者：龙大海

拜金，按照词典解释，崇拜金钱，认为金钱高于一切的价值观念。拜金成为拜金主义，它将金钱作为人生价值与人生成败的唯一标准。它使人失去人的本性，变成金钱的奴隶。金钱高于一切。金钱是衡量一切事物的唯一标准。

拜金古已有之。但在当今，它发展得更典型、更露骨、更广泛，已至无孔而不入。

世界著名的英国哲学家罗素对拜金者的种种作态刻画得淋漓尽致，入木三分。描述如下：

一泥塑成，二目无光，三餐喝足，四肢乱动，五官不全，六亲不认，七窍不通，八面威风，九九归一，十足无良。

你是不是拜金者，敬请自我对照。

你身旁有没有拜金者，众人睁大眼睛寻找。

龙大山点评：把拜金主义刻画得淋漓尽致，好文章！

我们身旁就有一人，不须点名，大家自然知道。

龙大河点评：处处长兄优先，别人的口袋就是你的口袋；事事以我为大，一切老大说了算。这又是现代拜金主义的一种表现。如果不能纳入拜金主义，那就纳入霸凌主义吧！

龙永福点评：我们只拜阿爷阿嬷，不拜金！

龙永福又点评：我是学工科的，没有读过罗素哲学家的大作。我认为，对泥菩萨的生动描述，不是罗素写的，而是中国民间艺人的杰作。请不要张冠李戴。

由泥菩萨一词，我想起了一句歇后语：泥菩萨抹金粉——装相。

F. 大老板给农民建别墅
作者：龙大山

据《红坎日报》报道，红坎市属下大溪县黄田村，地少人多，土地贫瘠。改革开放前，该村村民住茅寮，怕台风，怕暴雨，住无居所。该村一村民儿子，长年刻苦攻读，考上大学。大学毕业后，自谋职业，在深圳为一劏猪佬卖猪肉。由于勤学苦练，练就一身杀猪、解剖猪肉的过硬本领。不出一年，自立门户，自己设档卖猪肉；又一年，在全市开连锁门店。后来，自办养猪场。再后来，发展成为养猪、卖猪肉的全国连锁公司，赚得盆满钵满，成为家财万贯的大老板。他发财后，不忘自己家乡的父老乡亲，回乡建造了三十多幢别墅，一户一幢，无偿赠予父老乡亲。

这是多么伟大的仁慈仁爱思想呀！多么深厚的兄弟情怀呀！

我读了这篇新闻报道后，思潮起伏，感慨万千！看看别人，对比自己。自己同一父母所生的亲大哥，也发大财了，也成为大企业的大老板了。怎么样？回红坎同自己的亲哥哥和亲弟妹争祖屋！一平方米的房屋也不让，分分计较。鲜明对比，令人心寒！

现转发《红坎日报》的新闻报道，请兄妹们阅读，对比，思考。

龙冬兰点评：前段时间我返红坎，一次偶然机会，读到《红坎日报》的这篇新闻通讯。大山哥，你好像疏漏了这样一个细节：该大老板当年考上北大时，家境贫穷，凑不足去北京的路费，准备放弃读大学的机会。乡亲们得知此消息，纷纷伸出援手，你一元，我二元地凑钱，凑足一百九十六元，供他买北上的火车票。他知恩图报，当上大老板后，回乡盖别墅送给乡亲们，一户一幢。

任何事情都讲因果关系。有因必有果，有果必有因。今生种什么树，来生必结什么果。这是佛教的教义。我不是佛教教徒。但是我认为：我们做任何事情，都应秉承这种道德准则。

半个多月过去了，"38号大客厅"微信群没人对这篇文章有任何反映，甚至连龙大海也沉默了。龙大山百思不解，心里不是滋味。他原以为会引起大家共鸣，掀起一场对龙大河的指责和讨伐的。结果却是一片沉默，鸦雀无声。

不知是争吵厌倦了，还是思想麻木了，"38号大客厅"就这样沉静了相当长的一段时间。没人发文了，没人发声了。沉默一片。

十八、弃置

这一年的八九月份，红坎地区特别多强台风和特大暴雨，尤其九月下旬，接连两个十四级强台风相拥而至。强台风裹着特大暴雨，特大暴雨伴随着强台风，堤坝冲毁，农田被淹，大树连根拔起，不少民房倒塌，村落、街道一片狼藉，满目疮痍，目不忍睹。

近日，龙大河一直关注着红坎地区的台风和天气的新闻报道，生怕红坎正街新楼出问题。这天一大早，他刚洗漱完毕，正要打开电视机时，手机急速地响了起来。他一看来电显示，是红坎地区的电话，"喂——！"

"你是龙大河业主吗？"龙大河刚"喂！"了一声，对方非常急速、劈头盖脸地问他。是女人的声音。

"是！你是朱园长？什么事？"龙大河平心静气地问。但他心里多少有些紧张，这么早就接到朱园长的电话，应是凶多吉少。

"你家小洋楼倒塌啦!"朱园长还是这样急速地说话。

"倒塌啦?什么时候?"这一回轮到龙大河紧张了,一下子忐忑不安起来。该来的终归来了!

"半夜。"于是,朱园长将小洋楼倒塌的事详尽道来。

原来,由于连月特大暴雨和强台风,小洋楼后座东南角地基掏空,下陷;一楼东南两墙受拉扯力作用,倒塌一角;四面墙壁渗水,已不能入住。

"有伤到人吗?"龙大河最关心、最紧张的还是人。楼是小事,人是大事。

"没有。因为连日台风和暴雨,幼儿园已放假。值班阿伯住在前楼。这真是大幸!你赶快回来,商量如何处理吧!"朱园长说到这里,便关了手机。

龙大河立即拨打龙大山的手机,关机。龙大山家里电话已改号码,没法得知。龙大河只好给儿子永福打电话,告知自己急于赶去红坎处理小楼倒塌的事,让他多留意企业生产事宜。接着,他简单收拾行装,顺手拿起妻子刚买回来的三个面包,开车赶往红坎。

龙大河赶到正街时已近中午。他推开大铁门,进入院子,看见朱园长正领着三位女老师从屋里往外搬桌椅。朱园长见到龙大河,马上大声说:"龙老板,你来得正好,看看怎么处理。"她边说边拉起龙大河的右手往屋里走去。来到天井,她停住了脚步,但龙大河继续往后楼走去。

"有危险!不要往前走了。"朱园长呼喊着。

"不怕，我看看倾倒到什么程度了。"龙大河边说边往后楼走去。他站在后楼入口处，一幅恐怖景象立刻映入眼帘：东南两墙已倒塌了一小半，二楼框架横空伸出，承托着上层楼面。东南角地面已崩塌几平方米。地下，餐具撒落一地，杯盘狼藉。看见这番景象，龙大河不敢再往前走了，他转身问朱园长："楼上怎么样？"

"我查看过了，还好，但我不敢进入屋内。"

龙大河来到朱园长跟前，说："这样吧，你组织人员将能搬走的东西搬走。我们立刻停止租约合同。"说完便往前楼走去。

"我的损失怎么办？"朱园长跟着龙大河来到前楼。

"这是天灾，我也没办法。"龙大河回答。当他看到朱园长一脸无奈的神情时，又补充一句："这样吧，八月份的租金我退还给你。"

朱园长听后，心里开始盘算：每月租金一万六千八百元。厨房内餐具不过三千多元。楼上桌椅，日后房屋修复后，还可搬出使用。新的园址她已临时租订，对教学影响不大。万幸的是没有伤及人。她这么思考一番后，说道："大家能相互体谅最好，现在只能这样解决了。"紧接着，她又问了一句："你什么时候修复好？"

"待我找工程技术人员勘查过后，决定怎么修复。现在我也不知道什么时候修复好，我想要三四个月吧。"

"修复后，还是租给我吧。"朱园长觉得还是这幢小洋楼适合办幼儿园，位置、环境、布局都很好。

龙大河笑着说："朱园长，你是一个讲信用的人，又是办幼儿园的，我当然租给你啦！放心吧！"

龙大河同朱园长握手告别。接下来，他想找一间饭店吃饭。他已饥肠辘辘，疲惫不堪。在市区兜转一圈后，他还是回到哝记鸡饭店，要了四分之一只白切鸡，一碗鸡油饭和一碗冬瓜粉肠汤。怀旧是儿时的记忆，也是乡情的寄托，永远磨灭不掉。

从哝记鸡饭店出来，龙大河立刻给陈亚太打电话。他急切想知道，新楼危险到什么程度，如何进行补救，工程量有多大，需要多少时间，等等一系列问题。他从电话中获知，陈亚太出差在北京，最快也要四五天后才回红坎。陈亚太建议他：最好让李当正回红坎一趟，先找设计图纸的人员去勘查核对一番，找出原因。如果不急，或者等他回红坎，再一起去勘查也可以。龙大河只好返回佛山了。

一个星期后，龙大河得知陈亚太已从北京回到红坎。于是，他约好李当正一齐返红坎。

次日上午，一队人马来到正街龙家新楼。经过一番仔细勘查、探测、与设计图纸对比后，市设计院林工首先发表意见："原来地基是河沙和新泥土堆积起来的，经过两个多月大雨渗透和冲刷，便掏空东南角一小部分地基，造成基坑坍塌，地基梁悬空。"

"这同施工有关吗？"龙大河问。

"当然有关！施工单位没有按设计图纸要求施工，地基没有挖到原来海沙地方。大家都看到了，虽然有大雨渗透，但仍未见到海沙。"

此时，龙大山躲闪到一角落里去。

"现在怎么补救？"龙大河急切地问。

"让陈总讲。"林工指指陈亚太。

陈亚太也不谦让，指着脚下说："先在这里构筑一道四米长、二米深、半米厚的钢筋混凝土挡土墙。这第一道挡土墙起到保护整幢房子的作用。然后再在距悬空地梁处构筑一道三米长、一米深、半米厚的挡土墙。这道挡土墙起到保护后座楼宇的作用。这叫双保险。最后回土，夯实。工程量不大，但施工环境不好，搅拌机运不进来，要用人力斗车一车一车从正街推送混凝土过来。所以，工程量就大了。"

"这种施工难度大、赚钱不多的工程，找施工队都困难。"林工插上一句。

陈亚太微笑不语。

"墙壁渗水怎么办？"龙大河问。

"这个问题好处理，请李局讲。"林工拍打一下李当正的肩膀说。

"还是请陈总讲吧。"李当正指指陈亚太。

陈亚太也不谦让，大声说道："这显然是施工单位偷工减料造成的。"说着，他走到墙跟前挖出一小块，捏碎，摊放在左手掌上，让众人看。"大家都看到，这沙子大多是海沙，而且水泥极少，大多是黄泥。砌墙的沙浆应该也是这样，否则，屋内墙面不应该渗水。"说到这里，陈亚太突然扭转头，望着龙大山，问："龙局，是不是这样？"

众人也一齐转头望着龙大山。

龙大山脸色瞬时大变，红一阵，白一阵，低头沉默不语。

"现在不说这些了,反正问题弄清楚了,赶快找施工队来施工,进行补救。"林工打破僵局,说。"我们走吧。"说着转身往外走。

此时,李当正走近龙大河,指着自己左手腕上的手表,示意给龙大河看。龙大河醒悟,马上上前对林工说:"林工,十一点多了,我们一齐去酒店吃午饭吧。"

林工头也不回,说:"我下午有会,下次吧。"边说边拉起陈亚太的手。"我们上车吧。"

龙大河紧跟上去,站在陈亚太的车旁,问林工,"找哪个公司来施工?"

林工不假思索地回答:"当然是陈总啦。"

"没空。"陈亚太简单地回答一句。

林工拍打着陈亚太的肩头,说:"你不帮他,谁肯来干这种工程呢!"林工转脸,用眼神示意身旁的李当正。

李当正醒悟,马上对陈亚太说:"你不出手相助,是没人肯来接这个烂摊子的。给我一个面子吧!"

"是嘛!"林工附和说。

"好吧!"陈亚太对着李当正说。"不过要等我回公司,落实工程队后,再跟你们联系。"说完,他便打开车门,进入车内,开动发动机,说声:"拜拜!"便飞驰而去。

这里,留下龙家俩兄弟和李当正。这时,他们才发现,他们周围早已围着七八位邻居,交头接耳,不知议论些什么。不出半天时间,正街已流传开:"龙家新楼是一幢危楼!"

话分两头说。陈亚太回到公司后,立即找来三队长,让他带队去正街龙家新楼做维护工程。不听则可，听后，三队长立刻站立起来，粗声粗气说道："你忘记当年接领工程时丢面子的场面啦？你忘记，我可没忘记！你就是开除我，我也不去！"说完，三队长扭头就往门外走去。

"你给我站住！"陈亚太喝令。"我不会忘记。但做人总要有朋友嘛，龙大山不是我的朋友，但李当正总是我的朋友吧！是朋友，就应相互帮助。李当正当年帮过我们，我们也应帮他一回吧。是不是？"

"你说的这些，我都知道，但我绝不做龙大山有股份的工程。你怎么处分我都可以，我就不去。"

"好吧。你走！"陈亚太指着门口，让三队长出去。他同这些工头们打交道多年，了解他们的脾性，懂得怎样同他们共事。关键时只能由着他们，绝不强硬顶撞，过后再同他们分析利害关系。

三队长走后，陈亚太又叫四队长来。四队长好像已同三队长串通一样，也是这个态度：龙大山有份的工程绝不做！

陈亚太没办法，最后只好打电话，让正在海口施工的自己的侄子赶回红坎，去接手这难啃的骨头。

三个月后，龙家新楼修葺工程正式结束。修旧如新，一幢崭新的小洋楼又竖立在正街众人面前。

验收工程结束后，龙大河打电话给幼儿园的朱园长，告知她小洋楼已修复好，可以入住了。但他得到朱园长的答复却是这样："因你们修复时间过长，延误了我新学期的开学时间，我已另租新园址了。多谢你长期以来的关照。如果我再开办新幼儿园，我会考虑租你的新楼的。多谢了！"

没办法，龙大河不可能为新楼招租事宜长期留在红坎。他只好打电话给韩朝，让他同以前一样，在二楼阳台拉起招租横条幅和张贴街招，想办法将小洋楼租出去。韩朝二话不说，一一照办。但一个月过去，二个月过去了，三个月过去了，甚至半年多了，也没人同他联系租屋事宜。后来，他母亲告诉他："街坊议论纷纷，说龙家小洋楼是危楼。"韩朝上街一打听，果真如此。

一年，两年，龙家小洋楼就这样弃置着。租又租不出去，自家入住又没人入住，还不知道要弃置到何月何年。

也就是在这两年内，沙头角仿佛一夜之间苏醒过来了，处处大兴土木，塔吊林立，楼群拔地而起。别处不说，单就龙家小洋楼左右两侧，就兴建了两栋十六层高新楼，将龙家小洋楼夹在中间。龙家小洋楼就像小说《水浒》中卖烧饼的武大郎，又矮又丑。由于多处建房施工，尘土飞扬，龙家小洋楼灰头灰脸。正面墙体有好几处瓷砖剥落，伤痕累累。二、三楼门窗玻璃破碎，门框脱落，任由风吹雨打，也没人修理。把守大铁门的铁将军，历经风吹日晒，大雨冲刷，已锈迹斑斑，泪流满面，耷拉着脸，无精打采。小洋楼前面的庭院，东西两墙根，杂草丛生，有几棵粉红色的花朵，也有气无力，弱不禁风。地面，尘土有几寸厚，垃圾遍地。不时，有几只老鼠不知从哪里窜出来，打斗嬉戏。看来，这幢洋楼早已成为它们的乐园了。

不知何日何时，有好事者在小洋楼大门两侧贴上一副对联：

旧楼换新楼，变危楼

兄弟骂兄弟，成契弟

横批：

家丑外扬

此对联一贴出，马上引来正街不少街坊围观、议论和品评。有人说，对题，道出龙家兄弟矛盾。有人说，借题发挥，抒发自己对龙家的忌妒和不满。有人说，是内斗，自己人揭自己人的短。反正，众说纷纭，说什么都有。最后一句话：龙家已不是过去的龙家。

十九、留给后代的遗产

今年开春以来，红坎楼市急剧升温。现在，沙头角正街商品房已升值到每平方米一万元到一万两千元之间的价位了。龙家小洋楼共780平方米，单门独户，门前又有近二百平方米的庭院，开价二万元一平方米，也有人买。如此急剧升值，龙家兄妹如何进行利益分配，让人心存疑惑。

老二龙大海今年秋季刚跨过八十三岁门槛。前一段时间，身体十分虚弱，每况愈下，反复进出医院。他有一男一女，都先后出国定居了。去年，他就写好遗嘱，将老家红坎正街的新楼产权交由儿子继承。儿子定居美国加州，虽然一年回国生活十天半个月，但也无暇兼顾老家那份财产了。

龙大河身体健壮，还在生意场中拼杀，但也是过了八十岁之人了。他怎么处置自己那份殷实的家产，眼下无人得知。

龙大山虽未进入八十岁门槛。但他平日嗜酒成性，前一段日子得了痛风病，彻夜不能寐，在地上打滚。今年以来，他很少出门。想要他去佛山开什么会，想必他是不会去的。他生有一儿一女，女儿现定居在新西兰，儿子留在国内发展，且很成功。儿子前一些日子，同朋友聚会时，当众人谈起龙家在祖屋重建过程中产生种种矛盾和争吵时，他羞愧难言。最后，他说了这么一句话："后人不会走前辈的老路。"这让人看到了一线光明和希望。时代在发展和进步。我们有理由相信，龙家下一代会正确处理前辈留给他们的遗产，重振龙家家风的！

两位妹妹龙秋菊和龙冬兰不吵不闹，静观其变。

2018 年 12 月 31 日完成二稿
2019 年 3 月 3 日完成第三稿
2019 年 7 月 12 日完成第四稿
2019 年 7 月 26 日完成第五稿